誓略結婚
~あなたが好きで
結婚したわけでは
ありません~

マティアス・カレン
カレン辺境伯の長男。勇猛な武将。エミリアとの結婚には猛反対。
イーサン・カレン
乱暴なマティアスとは違い常識人。文官タイプ。
ジェラルド・カレン
誰も信じられず人が怖い。エミリアは好き。

主な登場人物
アイザック・ブラッドリー
重度のシスコン。エミリアも好きだがビオラを溺愛。
エミリア・ブラッドリー
本作の主人公。望まぬ結婚だったが、領民のために領地経営を頑張る。
ビオラ・ブラッドリー
兄に溺愛されながら育った、浮世離れした陽キャ。

Contents

誓略結婚
～あなたが好きで結婚したわけではありません～

綺咲 潔

イラスト
祀花よう子

第一章　父の最後の願い

「……エミリア、私の最後の頼みだ。カレン辺境伯の長男のマティアス卿《きょう》と結婚してくれ」

まるで、血の通わぬ人形のように青白い顔で、お父様は息も絶え絶えにそう呟《つぶや》いた。

今のお父様には、威風堂々とした以前のような面影《おもかげ》はもうない。いつどうなってもおかしくない、そう思ってしまうほどに衰弱している。

よくよくお父様の顔を見てみると、病気のせいだけではなく加齢により顔の皺《しわ》が増えている。

どうしてこうなる前に、気付けなかったのだろうか。

ずっと元気なままでいてくれるなんて、思っていたのだろうか……。

「……っ私はまだ結婚することはできません。そんな、最後の頼みだなんて――」

――言わないで。

そう言おうとしたが、お父様はその続きを言わせてはくれなかった。

「エミリア……もう私は長くない。分かるだろう？　エミリアの幸せを見果《みおお》したいんだ」

「然るべき日までお父様が生きていてくだされば、問題ないじゃないですかっ……」

「……無理なんだ」

こんな弱音《よわね》を吐くお父様は初めてで、涙が勝手に溢《あふ》れてくる。そんな私を見て、お父様は震える手をゆっくりと伸ばし、不慣れな手つきで私の涙を拭《ぬぐ》い言葉を続けた。

「アイザックは頼りないし、正直、領主に向いていない。それに、同じ妹なのにビオラばかりを贔屓《ひいき》する。……私が死んだら、もうエミリアを誰も守ってやれない」

悔しそうな声で絞り出されたその声に、心臓を鷲掴《わしづか》みにされたような気持ちになった。

――こんなときまで、私の心配だなんて……。

アイザックお兄様は、私にも妹としては接してくれる。

しかし、誕生日が一緒で、母が亡くなったときにビオラが一番幼かったということもあってか、お兄様は同じ妹でもビオラを特別可愛がり、とにかく贔屓する。

また、ビオラは飛び抜けた美貌を持っており、そのうえ愛嬌《あいきょう》がある。

そのため、デビュタントの日から、社交界の花として持て囃《はや》され始めた。そしてそれ以来、お兄様のビオラに対する寵愛《ちょうあい》と贔屓はより強くなった。

「お父様に守られなくても大丈夫なくらい強くなります。だから……グスッ……その分お父様も生きてくださいっ……」

私の涙を拭うお父様の手に自身の手を重ねた。すると、お父様の手の温もりがじんわりと伝い、ますます涙が溢れてくる。

だが、そんな切なる思いを吐露《とろ》した私に対し、お父様は冷徹に自身の意を貫いた。

「領民を領主の死で混乱させたくない。カレン辺境伯なら、そんな混乱を収めてくれる。それに、カレン家にならエミリアのことを安心して任せられる」

そう言うと、お父様は一呼吸置いた。かと思うと、強い意志の籠《こも》った視線で私の目を射抜き言葉を続けた。

「これは、ブラッドリー侯爵領を守るための結婚でもあるんだ」

「――っ！」

「エミリア……もう私はそろそろ限界だ。もって一月もないだろう。お願いだから、この頼みを聞いてくれっ……」

生命の滾《たぎ》りを感じさせるようなお父様の目で見つめられ、ふと元気だった若かりし頃のお父様を思い出した。

そして、お父様の久しぶりに生気の籠った哀願に圧倒され、私はとうとう首を横に振ることができなかった。

……その後は、今後の予定を聞き、私は自室へと戻った。

◇◇◇

「先ほど旦那様とは、どのようなお話をされていたのですか？」

そう声をかけてきたのは、侍女のティナだ。私の涙の跡に気付き、心配してくれたのだろう。

「……カレン辺境伯の令息と結婚してくれと言われたの。要するに、いわゆる政略結婚よ」

「カレン辺境伯と言えば、旦那様のご盟友ですよね？　ですが、ご令息は今、辺境の軍営拠点にいるはずでは？」

「ええ、そのはずよ。とりあえず、明日カレン辺境伯がこの邸宅に来るらしいの。そこで詳しい話をするみたい」

あまりにも事態が急展開すぎて、心が追い付かない。そのせいか、ついため息が漏れてしまう。

ティナはそんな私を心配してか、寝る前の時間だったため、ハーブティーを淹《い》れてくれた。

だが、そのハーブティーを飲んでも気持ちが落ち着くことはなかった。

「お嬢様、私はどこまでもお嬢様に付いていきますからね」

そう言葉を残し、後ろ髪を引かれるような表情のままティナは部屋をあとにした。

――結婚なんてしたくないわ……。

しかも、どんな相手かも知らないうえ、辺境だなんて……。

お父様の最後の頼みと言われて泣く泣く受けたが、自ら望んだわけではなく、不安もいっぱいだ。

だが、お父様が亡くなるまでに結婚しなかった場合、お父様の死後、カレン辺境伯からの支援を受けるのは難しい。

ならば、支援を受けなくてもいいようにしたらよいだけじゃないか。

そう思いたいが、次期領主となるアイザックお兄様には問題がある。お兄様は、ビオラ以外の言うことに耳を傾けようとしないのだ。

もちろん、ビオラの発言がまともであれば問題ない。しかし、蝶《ちょう》よ花よと育てられお父様と私以外に注意も否定されたこともないビオラは、とんでもないことを言いかねず、お兄様もその意見を飲みかねない。

しかもお兄様は妹可愛さに、自身やビオラを諫《いさ》める人々に怒りを向ける可能性がある。

そうなれば、忠臣から見放された我がブラッドリー家が、内部から崩壊していくことは想像に難くない。

またそれに伴い、領民が不安にさらされる生活を送ることになるのは明白だ。

そう考えると、お兄様に助言や提言ができて、尚且《なおか》つ支援してくれる存在というのは、喉から手が出るほど欲しい。そんな人物こそが、まさしくカレン辺境伯だった。

ただ、カレン辺境伯からブラッドリー家が支援を受けるには、私がカレン家のマティアス卿と結婚する他ない。

——私に力があればどれだけよかったか。

結婚なんて嫌だけど、領民を守るにはそれしか道がないだなんて……。

心の中はモヤがかかり、葛藤《かっとう》ばかりがグルグルと渦巻く。

——何で私はこんな状況なのに、アイザックお兄様とビオラは自由気ままに過ごしているのかしら……。

同じ家門の兄妹なんじゃないの……？

私には自由なんて何もない。全部しわ寄せばかりよ……。

でも結婚なんて所詮《しょせん》、家と家の結び付きのためにするもの。娘の私に結婚相手を選択する権利なんて、元からなかった。

これまで私が誰かに恋焦がれたり、恋に夢見たりしなかったのは、心のどこかで結婚というものを諦《あきら》めていたからだろう。

だからこそ、お父様の最後の願いを聞き入れられたのだけれど……。

「はあ……本当はやっぱり結婚なんてしたくないわ」

そう呟く声が、私以外誰もいない空間に静かに響いた。

そして次の日、予定通り我が家にカレン辺境伯がやってきた。会ったことは何度もあるが、結婚相手の父として会うのはまた別で、つい緊張して顔が強張《こわば》ってしまう。

「ずっと前から打診してたんだ。いやあ、エミリア嬢がマティアスと結婚してくれるなんて嬉しい限りだ！」

――政略結婚だし、私の意思はほぼ関係ないわ。

不本意ってこういうことなのね……。

心ではそう思うが、顔にも言葉にもそれを出すわけにはいかない。そのため、カレン辺境伯にはとりあえず微笑みを返しておいた。

「エルバート、わざわざ出向いてもらってすまない」

「気にするなバージル。体調が悪い君に、無理をさせるわけにはいかない」

「そう言ってくれると助かるよ」

そう発した直後、お父様は苦しそうに咳《せ》き込んだ。

「お父様、大丈夫ですか？」

「おい、バージル。そんなに――」

私がお父様の背中をさすると同時に、カレン辺境伯は驚いたように声を漏らした。恐らく、お父様の病状がここまで悪化しているとは思っていなかったのだろう。

そんなカレン辺境伯に、お父様はそれ以上は何も言うなというように軽く手を上げ、本題に入った。

「結婚の件だが……私が式に出られるうちに結婚してくれないか？　できれば一カ月以内に……」

「一カ月だって!?　そりゃあ俺はいいが……今マティアスは軍営にいるんだ。式には間に合わないかもしれないぞ？」

その言葉に、お父様は酷《ひど》く落胆し、肩を落とした。そんな弱々しいお父様を見ていられなくて、私は咄嗟《とっさ》に口を開いた。

「かつて、先々代の末の王女様は、夫不在のまま式を挙げられました。マティアス卿が間に合わずとも、式自体を挙げることは可能なはずです」

「確かにその通りだ……」

そう呟くと、カレン辺境伯は痛ましげな表情で私を見つめた。

「だが、本当にそれでいいのか？」

そう問われた今、私の答えに揺るぎはなかった。

「はい。父に結婚する姿を見せ、安心させてあげたいのですっ……」

目頭に熱いものが込み上がってくるのをグッと堪《こら》え、カレン辺境伯を見つめる。

すると、カレン辺境伯は吹っ切れたような笑みを見せた。あまりの彼の変わりように、涙も思わずヒュッと引っ込む。

「だそうだぞ！　バージル、良い娘さんじゃないか……。必ず立派な式にしてやる。それまで絶対に死ぬんじゃないぞ！」

「あ、ああ……すまない……。私が無理を言ったせいで……」

そう言うと、お父様は泣きそうな顔で私を見つめてきた。だが、私はそんな顔をお父様にしてほしくはない。

「心配しないでください。そういうときは、ありがとうと言うものですよ！」

「そうだぞ、バージル。謝らないでくれ。その代わり、必ず参列するんだぞ！」

それからより深い話し合いをし、最終的に、なんと約半月後に結婚式を挙げることが決まった。

そして、話し合いが終わり、私はカレン辺境伯を見送るため玄関に出ていた。

「愛逢月《めであいづき》の十七日なんて早すぎると思ったか？」

……心の中ではそう思っていた。何せ、今日が愛逢月の朔日《さくじつ》だからだ。しかし、準備をすべて担ってくれるカレン辺境伯に口出しできるはずがない。

——当たり障りなくするには、なんて返すべきかしら？

そう思っていると、私が答えるよりも先にカレン辺境伯は言葉を続けた。

「だが、そうしたのにはわけがある。正直あの様子だと、バージルはあと一月と持たないだろう」

確かにそうだろうと心が肯定してしまう。その気持ちに伴う絶望を落ち着けようと、思わず胸に手を当てた。

すると、カレン辺境伯は焦り顔になり、ワタワタとしながら口を開いた。

「す、すまん！　軍営育ちで、何でもはっきり言ってしまうんだ。配慮が足りなかった……」

「いえ、いいんです。私も辺境伯と同意見ですから……」

「そうだったか……。エミリア嬢、結婚式までまだ日はあるが、もう我々は同じ家門の人間になる。どうか私のことを父と呼んでほしい」

「分かりました……お義父様《とうさま》……」

言葉にはするが、まったく実感が湧かない。結婚相手も知らないのにお義父様だなんて、とっても変な気分だ。

だが、辺境伯は私の言葉を聞き、ふっと微笑んだ。

「娘がいるとはこういう感覚なんだな。そりゃあバージルが必死になる理由も分かる……」

お義父様と言われただけで、娘がいる感覚など分かるのだろうか？　そんな野暮《やぼ》な突っ込みはせず、私は続きに耳を傾けた。

「エミリア嬢、いや……エミリア。必ず立派な結婚式にすると約束する。マティアスがいないことだけが悔やまれるが、どうか胸を張ってほしい」

――結婚相手のいない結婚式なのに、立派にするだなんて……。

でも、そうしたらお父様も安心できるわよね。

結婚したという証人がたくさんできるもの。

「はい……ありがとうございます。父もきっと喜んでくれることでしょう」

曇った心のまま、お父様が喜ぶことを祈って言葉を返した。そして、私はカレン辺境伯もといお義父様が、馬車に乗り込み発車するまで見送った。

すると、そのタイミングで、お兄様とビオラが同じ馬車に乗って帰って来た。後ろにはたくさんの購入品を積んだ馬車が、二人の馬車を追いかけるように止まった。

かと思うとその直後、ブロンドの髪の美しい見目をしたアイザックお兄様が、馬車から華麗に降りてきた。

そして次に、美しい潤沢なブロンドの髪を靡《なび》かせ、陶器のような肌にキラキラと輝く瞳を瞬かせたビオラが、お兄様に導かれて馬車から降りてきた。

どうやら、またお兄様はビオラのおねだりに負けて散財したようだ。あれだけ満足気な顔をした二人……きっと間違いない。

だが当の本人らは散財のことなどまったく気にしていない様子で、楽しそうに笑いながら口を開いた。

「あら、お姉様！　誰かお客様が来てたの？」

「……ええ、結婚相手のお父上よ」

そう返すと、二人は目を真ん丸にした。どうやら、この話を知らなかったみたいだ。

「誰が結婚するんだ⁉」

「私よ」

「お姉様が？　今年十八になる年なのに？　随分《ずいぶん》せっかちね～」

——誰のせいでこんなことになったと思ってるのよっ……。

その言葉が喉まで出かかるが、グッと堪えた。言っても、ろくなことにならないからだ。

「誰と結婚するんだ？」

「……カレン辺境伯の長男のマティアス卿よ」

「え⁉　お姉様、辺境なんかに行くの⁉　私がそんなことになったら、アイクお兄様、ぜーったい止めてちょうだいね？」

「エミリアは頑丈だからいいとして、こんなか弱いビオラをそんな野蛮な場所に行かせるわけないだろう？　心配するな。お兄様が守ってやる！」

「大好きよ、アイクお兄様っ！　頼りにしてるわ～」

ああ、また始まった。二人だけの世界を作り、私だけがいつも除《の》け者の茶番。だが、この二人のような関係になりたいわけではない。

そのため、そんな二人を置き去りにして、私はティナとその場を後あとにした。

それからあっという間に日が経ち、いよいよ結婚式の当日を迎えた。

第二章　夫のいない結婚式

宣言した通り、お義父様は立派な式を用意してくれた。結婚式の会場は、お義父様が国王陛下から賜《たまわ》った宮に決定した。

しかも式は、社交期間と重なったことと、辺境伯からの招待ということも相まって、多くの貴族たちが参列することになっている。

そして現在私は、お義父様が用意したウェディングドレスに身を包んでいた。

鏡に映る煌《きら》びやかなドレスを着た自身を見て、分不相応なものを着てしまっていると感じてしまう。

「お嬢様、大変お綺麗《きれい》ですよっ！」

はしゃいだ様子で笑顔のティナが声をかけてくる。だが、私の心はどんよりと曇っていた。

「こんなに豪華で人も集まってるのに、肝心の夫はいないなんて惨《みじ》めね。王女様もこんな気持ちだったのかしら？」

「惨めだなんてそんな……！　マティアス様の代理の方がいますから、たった一人で人前に立つわけではないですよ！」

——夫の代理の人と式を挙げる人生なんて、考えたことすらなかったわ……。

顔は隠すみたいだけれど、何だかこれじゃあ、誰と結婚しようとしているのかも分からないわね。

そんな複雑な思いを抱え、私は重い足取りで馬車に乗り込んだ。会場に着くと、正装に身を包んだお兄様が出迎えてくれた。

「エミリア、とても美しいな。さすが自慢の妹だ」

告げられた言葉に、私は思わず耳を疑った。こんなにお兄様がストレートに褒《ほ》めてくれるのは初めてだ。

私をビオラと間違っているんじゃないかと思ってしまう。

「あ、ありがとう……お兄様」

むず痒《がゆ》く気恥ずかしい気持ちになり、ついグッと上がりそうになる口角を抑えてお兄様に伝えた。

だがその直後、お兄様が私とビオラを間違えるわけなんてなかったんだと思い知った。

「恥ずかしがらなくていい。だが……そのドレスをビオラが着たら、もっと可愛いんだろうなぁ～」

気持ちがスーッと氷点下まで冷めた。そんな言葉を続けるんだったら、いっそのこと褒めてほしくなかった。一瞬でも浮かれた自分が馬鹿だった。

こんな気持ちで、入場なんてしたくはなかった。しかし、無情にも式場の扉は開かれてしまった。

ティナの言っていた通り、マティアス卿の代理となる新郎役の人物が、レースで顔を隠してバージンロードの先で待っている。

それとなく招待客に目を向けると、面白いものでも見に来たかのように嘲り笑うご令嬢が数人いた。

——はあ……どうせ夫不在で結婚式を挙げた馬鹿な女だって言いふらされるのよね。

でも、領民とお父様のために挙げる結婚式だもの。

それに、式を挙げたら辺境にすぐに行くわけだし、彼女らの顔もしばらく見なくて済む……。

思いをそう振り切って、私は新郎役の人の横に立った。近付いても、レースの向こう側の顔は見えそうで見えない。

——こんな役を引き受けさせて申し訳ないわ……。

そんな罪悪感に駆られながら、式はスタートした。とはいえ、当然ながら新郎役が指輪交換やサインをすることはない。

よって、新郎役がしたことといえば、ベールアップと、誓いのキスの代わりに手合わせの儀

をしたことくらいだ。

そして、人前式で最も重要な誓いの言葉は、皇帝陛下直筆の婚姻成立証明書の読み上げを代替とし略した。

こうして、長いようで短いイレギュラーな式は順調に進行し、ようやく退場の時間がやってきた。

退場のために振り返ると、参列席の最前列に座るお父様と目が合った。涙ぐんで微笑みを浮かべる弱ったお父様を見て、思わず涙が出そうになる。

だが何も知らない他人は、こんな結婚式で泣いたら醜聞《しゅうぶん》として広めるだろう。そのため、グッと涙を堪え、微笑みを絶やさぬよう意識した。

退場を始めると、哀れみや嘲るような視線を向けてくる人がほとんどだった。中にはすれ違いざま、心ない言葉をかけてくる人もいる。

「独り芝居お疲れ様〜」

「侯爵家のご令嬢なのに惨めねぇ」

「こんな豪勢な式なんて挙げて、恥ずかしくないのかしら？」

「夫がいない式なんて、哀れでほんと笑えちゃう」

「私だったら、こんなことするくらいなら死んじゃうかも。ふふっ」

そんな言葉が、祝いの言葉や拍手、賛美歌に紛《まぎ》れて聞こえる。

――何て心が貧しいのかしら？

きっと想像力が欠落してるのね。

……無理のある理由だとは思ってる。だけどそう思い込むことで、笑顔をキープしたまま退場することができた。

こうして退場できたのは、新郎役の彼がいたからだと思う。顔は見えないが、彼もいわば見世物仲間。

彼には悪いと思う。しかし、そんな同じ境遇の人がいることが、私の心を支えてくれたのだ。

――早く彼にお礼を渡さないと。

「新郎役を引き受けてくださり、ありがとうございました。一人で挙げるより惨めにならずに済みました」

きっと、お義父様が信頼を置く縁戚の誰かだろう。そう思いながら、退場場所の付近に待機していたティナから物を受け取った。

「今日のお礼です。どうか、お受け取りください」

気は心だ。受け取ってほしい。そう思いながら、私は新郎役を務めてくれた男性に、私物のブローチを差し出した。

「ブローチで売るよりも、ブローチに付いた石単体で売った方が高く換金できるかもしれません」

そんな補足情報も付け加えてみた。そう言ったら、きっと受け取ってくれるだろうと思ったのだ。

だが意外なことに、彼はすぐには受け取らなかった。その代わり、慌てた様子になり、小声で話しかけてきた。

「このような貴重な品、本当に受け取ってもよろしいんですか？　大切な品なのでは……」

「構いません。このような役目を引き受けてくださったんです。もう会うこともないでしょうから、最後に受け取っていただきたいのです」

この言葉が効いたのだろう。彼はおずおずと手を差し出すとそっと受け取り、とても大事そうにブローチを掌に包んだ。

「ありがとうございますっ……」

「お礼を言うのはこちらです。どうもありがとうございました。それでは、失礼いたします」

すぐに移動しなければならない。そのため馬車の方へと振り返ったところ、新郎役の男性が背後から話しかけてきた。

「エ、エミリア様っ……！　先ほどの参列者の戯言《ざれごと》など気にしないでください！　あなたは気高く聡明な女性です。どうか、お幸せにっ……」

「――っ！」

まさかそんな言葉をかけてくれる人がいるとは思ってもみなかった。そのため慌てて振り返ったが、そこにはもう新郎役の男性はいなかった。

そして、私はそのままティナと共に、お父様が待っている家に急いで帰った。

◇◇◇

家に着くと、お父様と共にお義父様もいた。

「エミリア、これを見てくれ！」

帰るなり、意気揚々とお義父様が紙を差し出してきた。よくよく見ると、その紙は、式で読み上げられた婚姻成立証明書の現物だった。

辺境伯エルバート・カレンと侯爵バージル・ブラッドリー、この両家当主の合意に基づき、カレン家長男であるマティアス・カレンとブラッドリー家長女であるエミリア・ブラッドリーの婚姻を承認並びに証明する。

そう書かれた紙には、しっかりと国王陛下の印が押されている。

――私って本当に結婚したのね……。

結婚式をしたというのに、展開が早すぎて、とてもじゃないが既婚者になったという実感が湧かない。

だが、名前と年齢以外ほぼ何も知らないマティアス・カレンという男と、夫婦として法的に認められたということは分かった。

そして、ふとお父様の方に視線を移すと、笑顔のお父様と目が合った。

「綺麗だ……。エミリアは本当に最高の我が娘だ。心から誇らしいぞ」

そう言ってくれるお父様の言葉に、偽りなど一切感じなかった。本音で言ってくれているんだと分かり、思わず感極まって涙が出てくる。

お義父様もしみじみとした様子で、私たちを見て目元を潤ませていた。

だが、そんな儚《はかな》く幸せな空気を打ち壊す声が聞こえてきた。

「お姉様！　さっきの式、とっても綺麗だったわ！　ねぇ……そのドレスを私に着させてくれない？　アイクお兄様からもお姉様に頼んでちょうだい？」

「エミリア、いやー本当にお姫様みたいだったよ。だから、ビオラにも着させてやってくれよ。ビオラが着たら、そのドレスの魅力がもっと引き立つからさ」

「やっぱりそうよね～」

どうやら、この場に私以外の人がいることは、本当に気にしていない様子だ。ねだるような視線を向けるビオラと、期待の眼差《まなざ》しを向けるお兄様にうんざりする。

そう思っていると、突然雷のような怒声が響いた。

「黙って聞いていれば、エミリアに何てことを言うんだ！！！！！」

その怒鳴り声の主は、お義父様だった。すると、そんな怒りを他人から向けられたのは初めてだったのだろう。ビオラはあっという間に泣きだし、お兄様に泣きついた。

「何で怒られないといけないの？　私悪いこと言ったかしら？　グスッ……」

「ビオラ、泣かないでくれ。ビオラは何も悪いことなんて言ってないよ。そうでしょう、父上」

お兄様がお父様に声をかけた。そう思った瞬間、ゴスッと鈍い音が鳴った。……お父様がお兄様を殴《なぐ》った音だった。

「お父様……何で……」

そうお兄様が声を漏らすと、ビオラがお父様に駆け寄った。

「お父様酷いわ……！　お兄様に何てことするの！」

悲鳴にも近い叫び声を上げている。そんなビオラはあろうことか、お父様の腕を両手で掴み揺さぶり始めた。

「何してるの！　ビオラ、やめなさい！」

――お父様をあんなに力いっぱい揺さぶるなんて、何を考えているの⁉

お父様にもしものことがあったら……！

動きやすいようにウェディングドレスを手で掴み、慌てて駆け寄ろうとした。すると、パンッ……と乾いた音が部屋に響いた。

そして、床に倒れ込んだビオラとお兄様に向かい、お父様が怒声を浴びせた。

「酷いのはどっちだ⁉　お前たちはどれだけ言ってもエミリアへの態度を改めない！　エミリアが優しいからと図に乗って、どれだけエミリアを苦しめれば気が済むんだ⁉」

「そんな、苦しめる気なんて……」

「そうよ。私たちはお姉様のこと大好きだも――」

「本当に好きだと思っているのにこんなことをしているんだったら、お前らは狂ってる！　エミリア以外、もう我が子とは思いたくもない！」

そう言うと、お父様は酷く咳き込み始め、その場でよろけた。そんなお父様を間一髪で受け止めたところ、純白のウェディングドレスが鮮血に染まった。

「お父様……！！！！！」

「エミリア……すまない……」

そうボソリと呟くと、お父様はその場で力なく気を失った。完全に脱力しきったお父様は、急に重たくなり支えきれない。

そう感じた瞬間、お義父様がサッとお父様を支え、そのまま急いで寝室へと運んでくれた。

それから数刻が経ち、夜の帳《とばり》が降りた頃、倒れたお父様の目がゆっくりと開いた。

「良かった……目が覚めたのねっ……」

「バージル、大丈夫か⁉」

医師からは、目覚めない可能性もあると言われていた。そのため、私とお義父様はお父様が目覚めたことに、安堵《あんど》しながら声をかけた。

いくら安堵したとは言え、お義父様の声は大きすぎるのだが……。

すると、お父様はそんなお義父様を見て苦笑した。そして、そのまま流れるように視線を移し、私に話しかけてきた。

「……エミリア」

「はいっ、どうされました？」

「せっかくのウェディングドレスだったのに……っごめんな」

お父様は罪悪感を抱いていたのだろう。そう呟くと、ギュッと目を閉じ眉間《みけん》に皺を寄せ、動きの鈍い手で額を覆った。閉じられた目の隙間からは、涙が滲《にじ》んでいる。

「いいんですよ。お父様が生きてくれているんですから」

「そうだぞ、バージル。ウェディングドレスくらい、俺がいくらでも買ってやる」

「何回も嫁に出す気はないぞ……ゴホゴホッ……」

冗談を返しながらも、苦しそうに咳をする。そのとき、本当にお父様はもういよいよ……そんな予感がした。


そして、お父様は私の結婚式が終わった二日後、私が結婚したことに安心したかのように、静かに息を引き取った。

そんなお父様の最後を看取《みと》ったのは、たった一人、私だけだった。

「エミリア……ありがとう……。命を懸けてエミリアの幸せを祈る……愛してるよ」

そう言葉を残したお父様の最後の顔は笑顔だった。長生きしてほしいと願ってはいたが、遠い辺境の地に行ってしまった後ではなく、ちゃんと看取ることができて良かった。

こうしてお父様が亡くなったため、私は結婚式の二日後から喪《も》に服すことになった。カレン辺境伯も、一緒にお父様の死を悼《いた》んでくれた。

「エミリア、もう少し王都に滞在してから、ヴァンロージアに行ってもいいんだぞ？」

「私はマティアス様に嫁いだ身です。彼の代わりに、私が領地を運営しなければ……。お義父様の恩に、一刻も早く報いたいのです」

恩に報いたい気持ちは本音だった。姻戚関係だからと、お義父様は葬儀に関することすべてに、全面的に協力してくれたのだ。

アイザックお兄様だけでは、あのような葬儀を準備し回し切ることは、到底不可能だったはず。

それに、今行けるというときに行かないと、いつ何が起こるか分からない。

そのため、予定通り辺境の地ヴァンロージアに行くことを決意した。

すると、お義父様はその決意に理解を示し、ならばと、辺境にいるご子息の話を始めた。

「私には息子が三人いる。マティアス、イーサン、そしてジェラルドだ」

「はい、存じております」

嫁ぐ相手の家だから、そんな情報ぐらいは当然知っている。何で突然そんなことを？

そう思っていると、お義父様は微笑みながら頷《うなず》いた。

そして、とても優しい懐《なつ》かしげな表情をしながら、彼らについて話し始めた。

「マティアスは今年で二十三歳だ。エミリアと五歳違いなことは知ってるよな？」

「もちろん、存じております」

「あいつは血の気が多いところもあるが、とにかく義理人情に厚い男だ。軍営では部下に慕《した》われている。とても頼れる男だ」

――血の気が多い人が夫なの……？

何だか不安だわ……。

でも、義理人情に厚くて頼れる人？

会ってみないと分からないタイプね……それがよりにもよって、夫だなんて……。

マティアス様は、アイザックお兄様と同じ生まれ年。だからこそ、五歳という年の差が、頼りになる人の判断基準にはなり得ないと知っている。

そのため、お義父様のこの情報だけでは、何とも心許《こころもと》ない気持ちになってくる。そんな私に、お義父様は話を続けた。

「次男のイーサンは十九歳で、とにかく穏やかで優しい。だが、自分の意見はしっかり言う。それに、気遣いのできる男だ。よって軍営では、軍司令官のマティアスの補佐役を担っている」

どう考えても、マティアス様よりイーサン様の方が理想の結婚相手だろう。

わざわざ結婚した後にそんな情報を伝えてくるなんて。一種の嫌がらせだろうか？　まあ、そんなわけはないが……。

「そして、三男のジェラルド。私は本当にジェラルドが気がかりなんだ」

「どうしてですか？」

「ジェラルドはまだ五歳だ。それに、病弱なうえ、生まれてすぐに母親を亡くした。だから、兄二人と違い、母親に縁がないんだ……」

お義母様が約五年前に亡くなったことは知っていた。しかし、ジェラルド様の出産で命を落としたとは知らなかった。

「では……マティアス様とイーサン様は軍営にいますから、今ジェラルド様はヴァンロージアの本邸に一人ということですか？」

「ああ、そうだ。本当は王都に連れてきたかったが、身体が弱く病弱なジェラルドは道中耐えられないと思って、泣く泣く本邸に置いてきたんだ」

どうやらジェラルド様は、家族のいない環境で過ごしているらしい。そんな彼の境遇を考えると、少し心が痛む。

すると、お義父様はとある頼みごとをしてきた。

「エミリア、君にお願いがある」

「はい、何でしょうか？」

「どうかジェラルドを気にかけてやってくれないか？　きっと一人で心寂しい思いをしているはずだ。母とまではいかずとも、姉のように優しく接してやってほしい」

「当然です。ジェラルド様も新しい家族ですから……。私の辺境でのお話し相手になってもらいますねっ」

話し相手に関しては冗談めかして言ったが、内心はそれなりに本気だった。

というのも、辺境のヴァンロージアに行くのは、正直怖いし、寂しい。

それにティナは付いてきてくれるが、知らない人ばかりの土地に行くこと自体、私にとってはとても勇気がいることだ。

実質、ヴァンロージアには誰一人、味方と言える人はいない。すべて、一から人間関係を築き上げなければならない。

そんな環境で、大人と違って純真そうな五歳のジェラルド様がいる。そのことは、私が気を緩められる瞬間があるという、救いのように感じたのだ。

だが、そんな私の心情を知らないお義父様は、感動した様子で口を開いた。

「……っ！　バージルは本当に良い娘を育てたな。これなら安心して、エミリアにヴァンロージアを任せられそうだ」

「ありがとうございます。実は、私からもお願いがあるのですが……」

ホッとした様子のお義父様に私がしたお願い……それは領地経営に関することだった。

本来であれば、領地経営はマティアス様の仕事なのだ。だからこそ、私がどこまで介入してよいかについては、現当主の許可が必要だった。

そのため、ある程度好き勝手してよいかと訊ねたところ、返ってきた答えは、私の予想を上回った。

「領地に利があるなら、好きにやってくれて構わないぞ！　バージルから、エミリアの手腕はよく聞いていた。むしろ、好きにやってみてくれ。楽しみだ！」

思った以上に、お義父様は肯定的だった。お兄様だったら、女が調子づくなと一蹴《いっしゅう》したに違いない。やはり、辣腕家《らつわんか》は器《うつわ》が違う。

そしてその後は、私が引き継いだ父の遺産の話をし、遺産は私の個人資産として持ってもよいということになった。

――本当に懐《ふところ》の深い方なのね。

お父様が一番信頼していた理由も、これなら理解できるわ……。

お義父様ありがとう！

この件もあり、私の中でお義父様の好感度はグッと急上昇した。

そして他にも、領地経営と家の切り盛りに関する話を済ませ、ついにヴァンロージアに向かう日が来た。お兄様とビオラも見送りに来た。

「私は王都からずっとお姉様の幸せを願ってるわね」

「俺も幸せを願ってる。お前が去ると寂しくなるな……。だからビオラ、絶対王都にいてくれよ？」

「当たり前じゃない。怖いところは嫌いだも～ん」

本当に張り手でもかましてやろうかと思ったが、体裁も手も傷付くのが嫌でやめた。

「それでは、また。次回は喪中だから分からないけれど、少なくとも喪が明けた年の社交期になったら一度戻ってくると思うわ」

「分かったわ。元気に過ごしてお手紙ちょうだいね！　絶対よ！」

彼女の情緒は謎すぎる……。だが、涙を流しながら手紙をくれと言うビオラに、一応頷きを返しておいた。

そして私は、兄妹の会話を邪魔しないようにと、少し離れたところにいたお義父様に近寄った。

「行って参ります。どうか、ブラッドリー家のことをよろしくお願いいたします」

「安心しなさい。それじゃあ、気を付けるんだぞ。エミリア……息子たちの代わりに、ヴァンロージアを頼む」

「はい、承知いたしました。それでは」

こうして私は、侍女のティナと二人で馬車に乗り込んだ。

長年過ごした地を離れ、知らない土地に行く。それに夫は軍営にいるため、いつ家に帰ってくるかも分からない。何なら顔も知らない。

ティナに心配をかけたくなくて気丈に振る舞っているが、本当は不安でいっぱいだ。皆が私を受け入れてくれるかも心配だ。

そんな気持ちに包まれた私の乗った馬車は、ついにヴァンロージアへと進み始めた。

◇◇◇

「指揮官殿！」

外から俺に呼びかける兵の声が聞こえた。

「入れ」

「失礼します！」

「どうした？　ん……？　それは手紙か？」

「はい。総司令官……いえ、お父上からマティアス指揮官宛の私用の手紙が早馬で届いたので、お届けに参りました」

「私用だと……？」

私用の手紙を送るなんて父上らしくない。しかも早馬ときた。カレン家内で、何かトラブルが起こったのかもしれない。

——まさか、ジェラルドに何かあったんじゃ……！

ジェラルドは俺の五歳の弟だ。家にいるときはよく面倒を見ていたが、それも約一年前のこと。ただ、この一年のあいだジェラルドに関する情報は、何も届かなかった。そのため、元気に過ごしているものだと勝手に安心していたのだが……。

「ご苦労。仕事に戻ってくれ」

そう伝え、俺は受け取った手紙を急いで開封した。そして、便箋《びんせん》を開き内容を見たところ、暗号文まで使ってとんでもないことが書かれていた。


マティアスとブラッドリー侯爵の長女エミリアの婚儀が、愛逢月《めであいづき》の十七日に行われる。よって、この手紙が届いた頃か、その数日後にはお前はもう既婚者だ。

お前に嫁ぐエミリアは、私が誰よりも信頼し、信用している恩人であるブラッドリー侯爵の娘だ。貴族子女の鑑のごとく品行方正な娘だと、この父が保証しよう。

またエミリアは我々と違い、軍営育ちではない。ガラス細工よりも丁重に扱わねばならんぞ。

あと、最新情報も含めて手紙を改めて出し直すが、一応こちらも伝えておく。

そちらの戦況が、ここ一年から二年の間に変わる可能性が高い。どうやら、バリテルアの暴君が病《やまい》を患《わずら》ったようだ。

もし、そのまま病気が進行して万が一があれば、次のバリテルアは幼帝が玉座に就《つ》くことになる。そのうえ、今のところ帝位を譲る目星もないようだ。

よって、あちらは数年以内に国内が混乱状態に陥る。

そうなれば、我が国には二つの選択肢が生まれる。その混乱に乗じて国土を広げるか、和親条約や不戦条約を結ぶかだ。

そして、我がティセーリンの王は、後者でことを進めようとしている。まだ確定ではないが、そうなれば辺境の情勢も大きく変わる。

だからこそ、油断せず現在の職務を遂行しろ。

もしことが上手く運べば、お前とエミリアが通常の貴族のような結婚生活を送る未来も近いだろう。

その頃には、エミリアがヴァンロージアの本邸で女主人として、上手く家の切り盛りと領地経営をしてくれているはずだ。

マティアス、改めて、結婚おめでとう。

書かれている内容が信じられなさすぎて、息の仕方すら忘れかける。当然、そんな俺は怒りを制御することなどできなかった。

「っ何だと……ふざけるな……！！！！！」

あまりにも馬鹿げた内容を見て、叫びと共に思わず手に力が入る。そして、怒りのまま手紙を握りしめ、そのまま地面に叩き付けた。もう気が遠くなりそうだ。

すると、俺の怒声に驚いたのだろう。側にいたイーサンが、驚いた顔をしながら話しかけてきた。

「兄上、どうしたんだ⁉　父上はなんて？」

そう言いながらイーサンは、俺の足元に落ちている手紙を拾った。

「いくら腹が立っても、こんなにグシャグシャにすることはないじゃないか。いったい何が書かれてたんだ？」

そんな呑気《のんき》なことを言いながら、イーサンは皺を丁寧《ていねい》に伸ばしてから手紙を読み始めた。それからしばらくし、イーサンは戸惑った様子で声を漏らした。

「あ、兄上……結婚したのか？」

「ふざけたことを言うな！　俺は誰とも結婚なんてしてない！」

「でも手紙にはそうと……。今まで何も聞いていなかったのか？」

「当たり前だ！　知ってたら、そんな知らない女と結婚なんてするわけないだろう！」

ありえない。ありえなすぎる。こんな勝手があってよいものか。それに、婚姻を結ぶだけでなく、婚儀を行うとはどういうことだ？　もう、さっぱり理解できない。

――俺がいないのに、一人で結婚式を挙げるとでも言うのか!?

いや、まさかな……。

だが仮にそうだとすれば、その女の頭は完全にイカれている。

「おい、イーサン。普通、婚儀を行うとはどういうことを指すと思う？」

「え……結婚式をするってことだろ？　それで、指輪交換をして、誓いのキスを――」

「そんなことまで言えとは言ってない……！」

感情を逆撫でられ怒声を飛ばすと、イーサンは呆《あき》れたような顔をした。自分も当事者になりかねないというのに、何でそんな表情をしているのだろうか。

「イーサン、お前、他人事《ひとごと》だと思ってそんな顔をしてるのか？」

「他人事も何も、父上の行動力を知ってるだろ？　もう手出しも何もできない段階じゃないか」

「だが、こんなやり方はおかしいだろ!?」

あまりにも人権が無視されすぎている。人を何だと思っているんだ。父上にも相手の女にもその親にも腹が立つ。

だが、激高している俺に反し、イーサンは極めて冷静な様子で口を開いた。

「兄上……まだ夢なんて見てるのか？」

「……っ！」

「結婚は家と家の結び付きを強化するためのものであって、愛なんて二の次だ。貴族の、しかも長男として生まれたからには、これはもう宿命だ。分かってただろう？」

イーサンは飄々《ひょうひょう》とした様子で簡単に言ってのけるが、俺はとてもそうは思えない。そんな宿命、背負いたくて背負ったわけじゃない。

しかも次男のイーサンに言われるからこそ、妙に癪《しゃく》に障《さわ》る。

――俺はこんな結婚をするわけにはいかない。

絶対にダメなんだっ……。

「宿命なんて知るか……！　俺には、唯一と決めた女《ひと》がいるんだ……！」

「兄上！　その人はもう諦めろと――」

「黙れ……っ俺はあいつらと約束したんだ！　そんなことを言うなら、出て行ってくれ！」

身を焦がすような恋をしたことのないイーサンに言ったところで、俺の気持ちを分かるわけがない。

自分は関係ないといった様子で、高みから俺の感情を愚かだと諭《さと》すだけだ。そんな奴の顔を、今は見たくなかった。

すると、何を言っても無駄だと悟ったのだろう。イーサンは困ったような顔をしてそのまま出て行った。

「何が結婚おめでとうだ……クソっ……」

一度決めた誓いを破るわけにはいかない。そう思っていたのに、父上は勝手にどこの馬の骨とも知れぬ女を俺の妻にしたという。

だが、俺は絶対にこの結婚を認めない。絶っっっっっ対に認めるものか……！

こんな不合理な結婚を承諾した女だ。きっと何か策略があるに違いない。このままじゃ、ジェラルドも危険だ。

――戦地と本邸間で手紙をできるだけ行き来させないようにしていたが、今回ばかりは致し方ない……。

ジェロームに、女をよく見ておけと手紙を出さなければ！

ジェロームならば、安心して女の監視を任せられる。それに、ジェラルドにはライザも付いている。自ら行動できないのがもどかしくて仕方ない。

俺が本邸に戻るまで、少なくともジェロームなら上手くやってくれるはずだ。そう信じて、俺はジェロームに手紙を書いた。

そして忘れることなく、父上にも怒りの抗議文を書き始めた。こうして手紙を綴るうちに、手紙にあった女の名前がふと脳内を過ぎる。

「ブラッドリー……最近どこかで聞いたような……」

思い出そうとすれば、思い出せると思う。だが、俺の人生をめちゃくちゃにした女のことなど、これ以上考えたくもない。

そのため、女のことよりも父上への抗議文の作成に集中し、書き終えた手紙を伝令兵に渡した。

一度父上にキレたことはあった。だが、それを上回る日が来るとは、今日までの俺は思ってもみなかった……。

◇◇◇

「エミリア・ブラッドリーか……。どうか彼女が、兄上を変えてくれる女性であれと願うしかないな」

そんなことをイーサンが独《ひと》り言《ご》ちているなど、俺は知る由もない。

第三章　女主人として最初の試練

出発から八日が経ち、私たちはヴァンロージアに到着した。どうやら、お義父様が馬に魔法をかけてくれていたようだ。

そのため、予想よりずっと早く到着し、私たちはとうとうカレン辺境伯の本邸へと足を踏み入れた。

執事長を筆頭とした、使用人たちによる出迎えは壮観だった。お義父様が早馬で事前に伝えてくれていたから、準備してくれていたのだろう。

こうした出迎えの後、執事長は慌てる様子もなく上品な笑顔を携え、私たちを部屋へと案内してくれた。

「お嬢様っ……いえ、奥様。皆さんお優しそうで良かったですね！」

「ティナ、油断は禁物よ。もう少し様子を見ないと……安易に判断できないわ。隙を見せちゃダメよ」

「……っ！　はい、承知いたしました」

本当は私だって優しい人たちだと思いたい。だけど、どこの領地においても、嫁が使用人から軽んじられるのはよくある話だ。

その結果、初手で舐《な》められ、家での立場を失った女主人を何人も知っている。夫が家にいなければ、尚更《なおさら》そういった状況に陥りやすい。

だからこそ、執事長以外の使用人とは出迎え以外のコミュニケーションを取っていない今、まだ気を緩めるわけにはいかなかった。

「じゃあ、とりあえず食事を摂るわ。執事長は案内役を手配すると言ってたわよね？」

「はい。既に部屋の前におられるようです」

「では、行きましょうか」

腹が減っては戦《いくさ》はできぬ……お父様がよく言っていた言葉だった。この言葉に従い、私は腹ごしらえをしようと部屋から出て、扉付近にいた案内役の使用人に声をかけた。

「これからよろしくお願いします。ダイニングまでの案内をお願いいたします」

そう声をかけると、使用人はぶっきらぼうに言葉を返してきた。

「じゃあ、付いてきてください」

「あなた、奥様に向かってその言いか――」

今の話し方を聞き、ティナは腹が立ったのだろう。だが、ここで怒りを見せるのは得策ではないため、手でそっとティナの言葉を制止した。

「……ここがダイニングです。早くお座りください」

「ありがとうございます」

偉そうな使用人の態度に、腹が立たないわけではない。だが、私にはある考えがあったため、その後も咎《とが》めることなく、使用人たちの観察を続けた。

「これからよろしくお願いします」

「あっ！　奥様！　こちらこそ、どうぞよろしくお願いいたします！」

そう言って、嬉しそうに笑い返してくれる人もいる。その一方で……

「はぁ……はい、どうも」

「チッ……今忙しいんです。話しかけないでくれますか？」

そう返してくる使用人もいた。何なら、言葉を返しすらしない人もいる。

どうやら同じ屋敷の使用人でも、私を快く迎え入れてくれる人と、そうでない人の二種類がいるようだ。

しかも、夫のマティアス様がいないのをいいことに、まったく悪感情を隠そうともしない。

だが、まあよい。それならば、こちらもこちらで好きにやらせてもらう。

「ティナ、執事長にこう伝えて。大広間に使用人を全員集めてくれと」

その伝令が上手くいったのだろう。執事長に準備が整ったと言われて大広間に行くと、多くの使用人が集まっていた。

「使用人は全員揃《そろ》っていますか？」

「はい。今日は奥様がいらっしゃる日でしたので、全員揃っております」

「そうですか。ありがとうございます」

辺境とはいえ侯爵家に準ずる辺境伯家。ブラッドリー家と同数程度の使用人がいた。そのうちの一定数は、値踏みするかのような冷たい視線を私に向けてきている。

そんな使用人たちに、私はある課題を課すことにした。

「ブラッドリー家から参りました。マティアス様の妻のエミリアと申します。早速ですが、あなたたちに書類を提出してもらいたいと思います」

「「「「――っ！」」」」

「各々の出身と主な経歴、この屋敷でどのような仕事をしてきて現在に至るのか、また私への要望や補足等を紙にまとめて提出してください。期限は明日の正午です。虚偽が判明した場合は処罰の対象になりますので、真実のみをお書きください」

そう告げると、大広間に使用人たちのどよめきが広がった。しかし、そんなことを気にしていられない。

「執事長、あなたは彼らのこれまでの賞罰と、人格や評価について、まとめて提出してください」

「承知いたしました」

その執事長の返事に対し、使用人たちの約半数はしかめ顔をしている。だが私が解散を命じたことで、使用人たちはそれぞれの持ち場へと戻って行った。

「執事長」

「奥様、ぜひジェロームとお呼びください」

「分かりました、ジェローム。お願いがあるのですが……」

「はい、何なりと仰《おお》せ付けください」

「ジェラルド様にご挨拶したいんです。案内をお願いできますか？」

早めに会っておきたい。そう思い、執事長もといジェロームにお願いすると、彼は切なげな表情で「もちろんでございます」と言い、ジェラルド様の部屋へと案内してくれた。

「こちらが、ジェラルド坊ちゃまの部屋です」

「ありがとうございます」

扉の向こう側にどんな子どもがいるのかがまったく想像がつかない。そのため、緊張しながらコンコンコンコンッと部屋のドアをノックした。

そして、しばらく間が空き、返事が聞こえた。

「……なに？」

——なに？　だなんて、随分と素っ気ないのね。

反抗期かしら……？

「今日からこの家で暮らすことになった、エミリアです。ジェラルド様へご挨拶《あいさつ》に参りました。ドアを開けてもよろしいですか？」

「……っいいよ」

ジェラルド様の部屋の中から、少し投げやりな言い方で入室を許可する返事が聞こえてきた。お義父様の話も併せて考えると、想像以上に繊細な子かもしれない。

——この子の場合、特に初対面が肝心なはず……。

今この瞬間、この子に嫌われたらおしまいだわ。

そんなことを考えながら、私はそっとドアを開けて部屋の中を覗《のぞ》いた。すると、ベッドの上に座り本を読んでいる男の子が目に入ってきた。

明るいミルクティーベージュの髪色に、それは美しい翡翠《ひすい》の目をしている。すると、その翡翠の瞳がスッと私たちの方へ向いた。

「あっ……ジェロームもいたんだ」

「はい、左様でございます。ジェラルド坊ちゃま、こちら、マティアス様の奥様になられたエミリア様ですよ。ジェラルド坊ちゃまのお義姉《ねえ》様です」

このジェロームの説明に驚いたのだろう。ピクッと少し肩を揺らした後、ジェラルド様は私を真っ直ぐに見つめた。かと思えば、彼はすぐに投げやりな言葉を発した。

「っ！　あっそう。僕のことは放っておいていいよ」

――そんなわけにはいかないわ。

何か会話の糸口を見つけないと……。

「ジェラルド様」

「なに？」

「今お読みの本は、ローワン・グリシャムの『不朽《ふきゅう》』ですか？」

今ジェラルド様が手に持っている本は、とても五歳児が読むような本ではない。随分と難しい本を読んでいる。

私は十歳でも理解できなかった。なんて過去を振り返りながら訊ねると、本に視線を戻していたジェラルド様は驚いた顔で私を見つめた。

「分かるの……？」

「ええ、私も実家で読んでおりました」

「じゃあ、『人は泡沫《うたかた》に縋《すが》るものだ』って台詞《せりふ》がある理由を説明してよ。本当に読んでたら言

えるはずだよ」

「ハテニアの台詞ですね」

「う、うん」

私を試したいのだろう。きちんと答えたら、ジェラルド様も少しは安心してくれる気がする。

「ハテニアの台詞の続きは、『だが、不朽を見つけた者こそが誠の強を得る』ですよね？」

そう訊ねると、ジェラルド様は私をジッと見つめながら、控えめに頷いた。

「この台詞は、ハテニアが敵のエルメギにかけた言葉です。先ほど私が言った部分だけだと、ハテニアは人の儚さや弱さを知らず、強さという概念に固執した人間だと取れます。実際、登場人物も皆ハテニアをそう見ています。しかし、本当のハテニアは人の想いに寄り添える繊細な心を持つ人間でした。それをエルメギや読み手にこの時点で示唆《しさ》するために、あえてその台詞を入れたのだと解釈しました」

「ふ、ふーん。嘘じゃないみたいだね。……ねえ」

「どうされました？」

「っ問題出してあげるから……また来なよ」

「はい……ではまた明日来ますね！」

少し心を開いてくれたと思ってもいいのだろうか？　ジェラルド様のこの小さな歩み寄りに

嬉しさを感じながら、私は部屋を後にした。

そして、自室に戻る道中でジェロームに訊ねた。

「ジェラルド様は、誰に対してもあのようなご様子ですか？」

「はい……ですが、今日の発言には驚きました。普段は誰も寄せ付けず、あんなにも心を開いてくださりませんので……」

病弱だから、多くの人と話をする機会が少ないのかもしれない。先ほどのように一人で部屋に籠る時間が続けば、あんな態度になってしまうのも理解できる。

もしかしたら、想像以上にずっと寂しい思いをしてきたのかもしれない。

ただ、私には一つの疑問があった。誰がジェラルド様に文字を教えたのかだ。五歳であんなに難しい本を勝手に読めるようになるわけがない。

そもそも、簡単な本だとしても文字を知らなければ読めるはずがないのだ。

ジェロームに訊ねたら、躊躇《ためら》いなく教えてくれるだろう。だが、もう少し心を開いてくれたとき、ジェラルド様本人に聞いた方がいいような気がする。

「私、ジェラルド様に毎日会いに行きますね」

そう告げると、ジェロームはホッとした様子で、少し涙ぐみながら頷き微笑んでくれた。

こうして、不安と緊張でいっぱいだった私は、何とかヴァンロージア初日を乗り切ることができた。

◇◇◇

次の日の正午、使用人たちに提出を命じた書類が提出の期限を迎えた。そして、その時点で書類を提出した使用人は、全体の約五割という結果になった。

ちなみに、ジェロームには正午までという期限を設けていなかったが、さすがは仕事ができる人だ。昨日のディナー後に提出してきた。

――それにしても五割、ね……。

想定よりも提出数が少なく、がっかりした気持ちになる。だが、私は私のやり方を貫く。そう心に決め、ジェロームに書類を提出していない使用人の呼び出しを頼んだ。

そして大広間に行くと、いかにも怠《だる》そうに不貞腐《ふてくさ》れた顔をした使用人たちが集まっていた。

「今ここに集まった人は、正午までに書類を提出しなかった人です。なぜ提出しなかったのでしょうか？」

先ほどまでは、グチグチボソボソと悪口を言っていた。そんな彼らは、私が質問をした途端急に黙りこくった。

「私が提示した期限が短すぎましたか？」

人によっては書類一つ作るのに、すごく時間をかけてしまうこともある。書類作成関連の使用人なら話は別だが、普段は職務上で書類を書かない人ならば、もう少し期限を延ばそうと考えた。

しかし、皆否定も肯定もせずに黙ったままだ。

「もしかして……文字が書けないのでしょうか？　それでしたら、私がまとめるので、口頭で――」

皆が文字を習っているわけではない。貴族出身でない人なら、尚更だ。

平民の識字率が高いブラッドリー侯爵領で暮らしていた私は、うっかりそのことを考慮し忘れていた。

そう気付き、口頭でと提案しようとした。だが、その声は一人の使用人によって遮られた。

「何でそんなことしないといけないんですか!?　何年もカレン家に勤めているのに、疑われているようで嫌ですっ……」

そう言うと、彼女は嘲るような笑いをしたかと思うと、より怒った様子で言葉を続けた。

「はっ……そもそも、父親が死んで後ろ盾もない他所《よそ》のご令嬢の面倒を見させられる私たちが、何でこんなことまでいちいちやらされるんですか？」

もう私も我慢の限界だった。ここまで好き勝手を言われる筋合いはない。

それにこの言葉を聞き、ここに集まった使用人の顔を見てピコンと来た。

クスクスと私を嘲るように笑っていた者に、ティナにキツい態度をとった者。

捨てる水をわざとかけようとしてきた者に、慇懃無礼《いんぎんぶれい》に偉そうな態度をした者。

挨拶をしても強気な言葉を返したり無視したりした者に、コソコソと私たちの悪口を言っていた者たちの顔ばかりが並んでいる。

「……他の皆さんも同じ意見でしょうか？」

そう訊ねると、勢いよく首を縦に振ったり、躊躇いながらも頷いたりして、最終的にその場にいる皆が肯定の意を示した。

「あなたたちの意見は分かりました。……あなたの一月の給与はいくらですか？」

「三十ルーデです」

代表で話をしていた女性使用人に訊ねると、彼女は躊躇いなく自身の給与を教えてくれた。

――カレン辺境伯家と言うだけあって、給与も平均水準より高いのね。

「そうですか……では、ここにいる皆さんには、これまでの給与の十倍を支払いましょう」

そう告げた瞬間、大広間には歓声が響いた。女性使用人もキラキラと目を輝かせ、喜びに溢れた笑顔を見せている。私はそんな彼らに言葉を続けた。

「ということで、今日付けであなたたちには暇を出します」

「へ……？」

一瞬何を言われたのか分からなかったのだろう。使用人たちは混乱した状況で一気に静まり返ったかと思うと、「酷い！」と口々に言葉を浴びせ始めた。

「酷いでしょうか？　私はこの家の女主人になりました。その私に仕えられない人を雇う理由なんてありません。そんな人たちに払う賃金があるのなら、誠心誠意この家のために働いてくれる者にその分を回します」

私のこの発言に、使用人たちは悔しそうな顔をしている。だが、額も額……。ジェロームが慌てた様子で話しかけてきた。

「暇を出すことには反対いたしません。しかし、どこからその資金を出すというのですか⁉」

ジェロームは本気で心配しているのだろう。その金銭負担が自身や部下、領民たちに響くかもしれないのだ。だが、そんな心配は無用だ。

私は丸腰でやってきた令嬢ではなく、私はここの新たな女主人。それを証明すべく、私はこのジェロームの発言を利用させてもらうことにした。

「私の財産から出します。私に後ろ盾がない？　勘違いも甚《はなは》だしいですね。元々私が持っている資産と、亡き父から受け継いだ資産があります。それらは個人資産にしてよいと、カレン辺境伯……いえ、お義父様は承認してくださいました」

使用人たちはジェロームが止めてくれると期待しただろう。しかし、ジェロームは「用意周到ですね」と言いながら、反論どころか感心していた。皆に知らしめるためのこの作戦は無事成功だ。

そしてその結果、給与の十倍の手切れ金を渡すことで、不誠実な使用人たちを解雇することに成功した。

ちなみに、辞めた人たちのほとんどが、ジェロームからの評価もすこぶる悪かった。

こうして私は重い一仕事を終えた。だが、それで仕事は終わりではない。これからがやっと始まりなのだ。

ということで早速、昨日時点で目を通している者の分も含め、提出してくれた使用人の書類を確認することにした。

最初に提出してくれた使用人は、元々伯爵家の令嬢だったが、没落したため使用人として働いている人物だった。

昨日彼女と偶然接する機会があった。そのとき、教養ある人だと思った理由が分かったような気がした。

次に見た人は、代々カレン家に仕え続けている家系の人物だった。他の書類も探ると、両親も健在で働いており、ジェロームの評価は家族皆が非常に良かった。

こうして、すべての使用人の書類とジェロームの情報を合わせて確認し、それぞれの仮采配を考えてみた。

その後、使用人一人ずつと面談の時間をとり、希望の配属や不満がないかを聞き取ることにした。

そして、午後のティータイムの半ばあたりになった頃、すべての使用人との面談が終わった。

皆が真っ先に喜んでくれたのは、給与アップのことだった。

また面談を通して、本人に配属や役職の希望を訊ねてみた。その結果、彼らの希望が、私が構想していた人員配置に限りなく適合することも判明した。

その他、不満な点も聞いたが、解雇対象の人とのトラブル以外、不満らしい不満は特に出てこなかった。

強《し》いて言えば、制服が夏冬共に少し動きづらく、冬の制服は寒いという声があったくらいだ。

また不安なことについては、今年の冬の食料が心配という声が複数人から上がった。邸宅内ではなく、領地全体で見てだそうだ。

これらに関しては、今すぐ対処できるものは即座に対処し、少し時間がかかりそうなものも対策に取り掛かった。

◇◇◇

「奥様、長時間お疲れ様です。少し休憩なさってはいかがですか？」

ティナが心配そうに声をかけてきた。だが、私にはまだやることがある。ジェラルド様に会いに行かなければならないのだ。

「今からジェラルド様のところに行くの。昨日、約束したでしょう？　早く行かないと、本当に来るのかと不安に思うはずよ」

「それはそうでしょうが……少しくらいは――」

「その少しで信頼を損ないたくないの。この屋敷の人全員にとって、今の私はきっとまだ得体の知れない十七歳の少女よ。だからこそ、皆に認めて受け入れてもらわないといけない今、私が休むわけにはいかないの」

そうティナに伝えると、ティナは苦々しい顔をしながら、それ以上はもう何も口にしなかった。その反応を納得だと受け取った私は、早速ジェラルド様の部屋へと向かう。

そして、目的の部屋の前に到着し、私は一度深呼吸をして、コンコンコンッとドアをノックした。そのうえで、中にいるジェラルド様に向けて、ドア越しに声をかけた。

「ジェラルド様、エミリアです。ドアを開けてもいいですか？」

そう訊ねると、室内からトタトタと小走りする音が聞こえた。かと思えば、目の前の扉がガチャッと開いた。

「……本当に来たんだ」

ぶっきらぼうに言う彼だが、室内から聞こえてきた足音を聞く限り、嫌がってはいないように感じた。天邪鬼《あまのじゃく》な彼が、少し可愛らしく思えてくる。

「はい、ジェラルド様とお話ししたかったんです」

「……っ！　ふ、ふーん。じゃあまた問題出してあげる。入りなよ」

目を泳がせながら言葉を発した彼は、私を室内に入れ、椅子まで案内してくれた。すると、自身も椅子に座るなり、彼は問題を出し始めた。

今日の問題は昨日とは異なり、各地方の特徴や地形の問題だった。

◇◇◇

問題を出し始めてから約三十分後、ジェラルド様は目を真ん丸にして呟いた。

「な、なんで分かるの……？」

この三十分で出された問題は、すべて私が実家で学んだ内容だった。父や領地の助けになればと思い、身に付けた知識ばかりだった。

「領民を守りたくて、勉強したんですよ」

ジェラルド様にそう伝えると、彼はハの字の眉になり、不思議そうな顔をした。

困った顔のはずなのにこんなにも可愛いだなんて、末恐ろしい子だ。そんなことを思っていたときだった。

「守るってどういうこと？」

ポツリとジェラルド様が呟いた声が部屋に響いた。あまりにも話が通るのでつい年齢を忘れそうになるが、ふと彼はまだ五歳だと思い出す。

そんな五歳の大人びた彼に、私なりの守り方を教えることにした。

「ジェラルド様は、領民の命は誰が握っていると思いますか？」

「領主？」

「はい、そうです。では、領主が領地や領民の守り方を知らない人だったら、その土地やそこに住む人々はどうなると思いますか？」

ちょっとざっくり言いすぎただろうか？　この質問に、ジェラルド様は少し考え込んだ様子を見せた。

だが彼は、少し不安げな様子ながらも、控えめに言葉を紡《つむ》いだ。

「争いが起きる……？　あと、領民が苦しむ」

「その通りです。では、領主が領地や領民を守るための知識が豊富な人だったら、その領地はどんな領地になると思いますか？」

この問いに対し、自信なさげな様子を見せながらも、ジェラルド様は即答した。

「何か問題が起こっても、何とかなりそうとか？」

「そうですね。つまり、領主の知識次第でその領地の命運が大きく左右されるのです。だからこそ、自領の人々に苦しい思いをさせたくなくて、自分なりに勉強しました」

私は勉強が好きというわけではない。だが、アイザックお兄様やビオラを見ているとこの先が不安で、私がブラッドリーの領民を守らなければならないのだと、謎の使命感を抱いていた。

だからこそ、私はこうして知識を身に付けたのだ。

ただ、昨日と今日で問題の系統が違ったため、ジェラルド様は困惑したのだろう。少し前のめりな姿勢で口を開いた。

「でも、昨日の問題は小説なのに答えてた……絵本とか小説は勉強じゃないよ？」

「そう思いますか？」

――私も同じことを言ったことがあったわね……。

そんな過去をしみじみと思い出し、微笑みながらジェラルド様に問いかけた。

すると、彼は私の質問に「うんっ」と力強く答えた。初めてこんな溌溂《はつらつ》とした彼を見たかもしれない。

「では、もっと本を読んでみてください。想像以上に知識は、絵本や小説にも散らばっているんですよ」

「そうなの？」

「はい。それに小説や絵本では、自分とは違う考えをする人を知ることもできるんですよ？」

そう告げると、「うわぁ〜」と声を漏らしながら、ジェラルド様は翡翠のような目をキラキラと輝かせた。

三十分前までの彼とはまるで別人だ。子どもらしい姿も見せるのだと思いホッとした。

そして、そんな彼は好奇心のままに質問してきた。

「でも、それだけ知識を付けても、長男じゃないから領主にはなれないよね？」

その通りだ。だからこそ、たくさん悔しい思いをしてきた。

なぜ長男というだけで、お兄様が当主になるのだろうか……。私は別に当主になりたいわけではない。だが、お兄様よりも私の方がまだマシだろうと思う。

しかし、この国の法律上、どう足掻《あが》こうと女は当主になれない。その現実に理不尽だと嘆いた日は数知れない。

ただ、少しだが私がこの知識を生かし、領地経営に関与できる機会はあった。

「私は母を亡くしております。そのため、母の分も領主である父のサポートをしようと思い、知識を付けたのです。それに、嫁ぎ先でもその知識は生かせますからね」

お父様は生前、女である私にも、領地経営に関する相談をしてくれた。

そして、それを知ったお義父様はマティアス様の代理という形で、私にヴァンロージアの領地経営権を委任してくれた。

知識がなければ、お義父様も任せてくれなかったはずだ。

また、任せてくれたからこそ、ヴァンロージアで裁量権を行使することもできた。

——本当にお義父様が寛容な方で良かったわ。

これでこの屋敷も、皆が働きやすい環境になりそうだもの。

なんて考えていると、突然ジェラルド様が顔をギュッと歪《ゆが》めた。かと思うと、手首の内側で涙を拭いながら泣き始めてしまった。

あまりにも予想外の出来事だったため、びっくりしてオロオロしてしまう。

「ど、どうされましたか!?」

私は慌ててジェラルド様の傍に膝を突き、背中を撫《な》でながら顔を覗いた。

すると、ジェラルド様は大粒の涙を零《こぼ》しながら、今まで堪えていた思いを爆発させるように声を出した。

「僕と……こんな風に話してくれる人……うぅ……いなかった……。ううぅ……ずっと……グスッ……つべたくして……っごめんねぇ……」

突然謝りながら泣き始めてしまったジェラルド様。話してくれる人がいなかったとはどういうことだろうか。

今の言葉はきっと、彼の心の悲鳴が漏れ出たものに違いない。そのため、背中をさすりながらジェラルド様に声をかけた。

「いいんですよっ……。それより、誰とも話をしなかったんですか？」

「うぅ……みんな気味悪がって……グスッ……話してくれなかったんだ。こんな年齢で……うっ……言ってることがおかしいって……」

誰がこんなにも幼いジェラルド様に、そんな心ない言葉をかけたのだろうか。道理で、ジェラルド様もこんなに心を閉ざすわけだ。

そう思っていると、ジェラルド様はさらに苦しそうな声を絞り出した。

「それに、お父様も僕を置いて出てった。グスッ……きっとお母様が僕を産んで死んだから、僕のことを恨んでるんだ……」

そんなことないわ！　そう声をかけようとした。

しかし、ジェラルド様は私が声をかけるよりも先に、とんでもない言葉を続けた。

「ライザも僕のことを、自分の母親を殺した……うう っ……人殺しって言ってた。っ……僕はみんなの嫌われ者だから、誰も本当は関わりたくないって。僕、傷つきたくなくて、みんなを遠ざけてた……グスッ……」

――なんて人なの……!?

ライザは確かマティアス様とイーサン様の乳母で、今はジェラルド様の世話役をしているはず。そんな人が、そんな酷いことを言うなんて、人としてありえない。

そりゃあ人間不信にもなって、お義父様にも恨まれてると思っても仕方ない。人の温もりも、とうの昔に忘れてしまったのだろう……。

そんな思いを、こんな小さな子が一人で抱え込んでいたことがショックでならない。私はあなたを嫌っていない。これ以上傷付かないよう守ってあげたい。

そう込み上がった想いを止められず、私は今の体勢のまま、正面からジェラルド様を抱き締めた。

「お義父様は、ジェラルド様のことを恨んでいませんよ」

「そんな嘘つかなくていいよ……」

「嘘じゃないですよ。お義父様は愛おしがって、ずっとジェラルド様に会いたがっていました」

本当のことだ。証明はできないが、どうか伝わってほしい。

そう願い、そっと腕を緩めてジェラルド様の顔を見ると、パチクリと開かれた翡翠の双眸と目が合った。

「……本当に？」

「ええ、本当ですよ。約束します！　それに、誰も話し相手がいないなら、ぜひ私の話し相手になってください。ジェラルド様なら大歓迎です！」

笑いかけながら伝えると、ジェラルド様はパアッと顔を綻《ほころ》ばせ、嬉しそうにはにかんだ。

その直後、ジェラルド様は飛び付くように首に抱き着いてきた。

正直苦しいが、ジェラルド様が笑顔ならそれで十分だ。そう思いそのまま抱き留めると、ジェラルド様は私の首元に顔を埋めたまま呟いた。

「ねえ、お義姉様って呼んだ方がいい？」

「そんなに堅苦しくなくていいですよ」

お義姉様と言われ、ついキュンとしたのは秘密だ。ビオラに言われるのとはまったく違う。

すると、ジェラルド様はそっと顔を上げ、モジモジしながら提案してきた。

「じゃあ、僕たちだけの呼び方がいいっ……」

もちろんその願いは叶《かな》えてあげたい。しかし、僕たちだけの呼び方と言っても、何があるだろうか。

——私は今まで、基本的にエミリアって呼ばれてきたし……。

あっ！　一つあったじゃない！

「では私のことは……リアと呼んでください」

私が六歳の頃に亡くなった母は、私のことをリアと呼んでくれた。その呼び名を、ふと思い出したのだ。

辛《かろ》うじて母の記憶がある年齢になっていて、良かったと思った瞬間だった。

「リア……リア……ふふっ！　じゃあ僕のことは、ジェリーって呼んでっ。リアは僕に敬語を使っちゃダメだよ」

ジェリーと呼ぶことに加え、ちゃっかり敬語禁止まで付け加えるあたり、彼は策士だ。だが、幼い策士のこの要望に応えない手はない。

「分かったわ、ジェリー。じゃあ、今日の夕食は一緒に食べる？」

「うんっ……一緒に食べる！」

こうして夕食を共にする言質《げんち》をもらった。

そのため、ジェロームに二人分の夕食の用意を頼み、私は一旦《いったん》部屋に戻った。そして、ジェラルド様もといジェリーの使用人を選定し直すことにした。

◇◇◇

——記憶通りだったわね。

使用人たちの書類を見ると、やはりライザはマティアス様とイーサン様の乳母に違いなかった。二人の乳母を務めたライザは、きっとこの邸宅内でそれなりの信頼を得ているはず。

これは、ライザについて詳しそうな人に話を聞く必要がありそうだ。ということで、私はジェロームを書斎に呼び出した。

「ジェラルド様のメインのお世話役はライザですよね？」

「はい、左様でございます」

「では、ライザをジェラルド様の世話係にするというのは、誰の発案ですか？」

「マティアス様です。ご自身の乳母だったので大丈夫だろうと。それにライザさんは、亡くなった大奥様のご実家から付いてきた侍女でしたから」

——マティアス様の発案だったのね。

しかも、よりにもよってお義母様の侍女だったなんて……。

私にとってのティナみたいな存在というわけね。

「マティアス様の発案だったんですね。なるほど……」

提出書類には、なぜか侍女の経歴が書かれていなかった。だが、この経歴がマティアス様の信用を得るのに、一役買っていたのだと窺える。

──書類で虚偽が判明したら処罰の対象と言ったのに、どうしてこの書いて損のない経歴を書かなかったのかしら？

ライザの人物像が上手く捉えられないわ……。

それにそもそも、マティアス様やイーサン様と歳の離れたジェリーには、ジェリーの乳母がいたはずだ。その人はどこに行ったのだろうか。

こうして新たな疑問が湧き、私はジェロームに続けて訊ねた。

「ところで、ジェラルド様の元々の乳母はどうしたんですか？」

「彼女は授乳の役目が終わり、夫の実家の手伝いがしたいと職を辞しました。そのため、ライザさんが世話役を引き継いだのです」

授乳だけの役割を果たす乳母というのは、たまに聞く話だ。きっと、ライザがいたから、その乳母も辞めやすかったのだろう。

面談のときは至って普通の人だと思っていたが、どうやら人によって態度を変えていたみたいだ。不覚にも見抜くことができなかった。

「奥様、どうかされましたか？　っ……ライザさんに何か問題が？」

「ええ、かなりの問題です。至急、ライザを呼んできてくれますか？」

「――っ！　はい、承知いたしました」

私の表情から、緊迫さを読み取ったのだろう。さすがジェローム、ヴァンロージアのこの広い屋敷を管理しているだけあって有能な執事だ。

そんなことを考えているうちに、ジェロームに連れられライザがやって来た。

「奥様、急に呼び出しとは何事でしょうか？」

堂々とした佇《たたず》まいでハキハキと話をする彼女からは、まるでこの家の女主人のような圧さえ感じる。だが、負けてはいられない。

「単刀直入に言います。ライザ、これ以上あなたをジェラルド様と一緒にはいさせられません。よって、世話役から解任します。ですが代わりに――」

……代わりに別の職務を与える。そう言おうとしたが、ライザがその言葉を遮った。

「突然何を仰《おっしゃ》るのですかっ……？　今まで私がジェラルド様の世話をしてきました。解任なんて聞き入れられません！」

そう言い始めたのを機に、ライザは「絶対に私がジェラルド様の世話役をする」と私に向かって捲《まく》し立て始めた。

正直、ジェリーの世話役を解任すると言えば今のように怒ると思った。だが、それだけで、まさかここまで怒るとは思わなかった。

ライザについては、亡きお義母様やマティアス様の顔も立てるつもりで、別の職務に就けようとした。

だが、そう言っても、彼女はジェリーの世話役をすると言い張る。

そのうえ、いくら説明しようにも喚《わめ》いて、こちらに喋《しゃべ》る隙を与えようとしない。

——もう、これでは埒《らち》が明かないわ。

そう踏ん切りを付け、かなり語気を強め、彼女の名を発した。

「ライザ……！」

驚いたのか、彼女は一瞬静まった。私はこの瞬間を逃すわけにはいかないと、すかさず言葉を続けた。

「普段あなたがジェラルド様にかける言葉を、マティアス様やイーサン様の前で言えますか？」

「——っ！」

ライザの目が泳いだ。

「言葉は刃、ペンは剣より強しと言います。私はこれ以上、あなたをジェラルド様に近付けたくありません」

無作法だとか、この際気にしていられない。なんせ、貴族らしく婉曲に話しても伝わらないのだから。

そのため、はっきりと近付けたくないと彼女に告げてから、私は言葉を重ねた。

「あなたには別の職務を与えるので、そちらの仕事をしてください」

すると、自身の所業を私がすべて知っていると理解できたのだろう。突然ライザが豹変した。

「いいわ！　分かったわよ！　お嬢様を殺した人間の世話役なんて、まっぴらごめんよ！　マティアス様が帰って来たら、あなたのこともめちゃくちゃに言ってやるわ！」

「どうぞお好きになさってください。しかし、雇用継続にあたって、今の発言は聞き捨てなりません。訂正してください」

「は？　何を？」

「お義母様を殺した人間など、この家にはいません」

「何を言っているの？　ジェラルド様こそ立派な人殺しじゃない！　私の大切なお嬢様を殺したのよ!?」

確かにジェリーの出産が原因で、お義母様が亡くなったとは聞いた。しかしだからと言って、ジェリーが人殺しかというと、それは絶対的に違う。

だが、自身の主に対する愛執がとんでもない彼女は、何を言ってもジェリーがお嬢様を殺したとしか認識できないだろう。どうやら、認識を改める気もないらしい。

——もう別の職務も無理ね。

こんな状態の人をこの家で雇い続けるなんて、以ての外だわ。

マティアス様や亡きお義母様の顔を立てたかったけれど、限界よ……。

「はあ……何を言っても無駄なようですね。あなたの考えは分かりました。仕方ありません。私はこの家の女主人として、今日付であなたを解雇します」

「上等よ！　だけど、あなたからじゃない、こっちから辞めてやる！」

「分かりました。では、依願退職ということですね」

「そうよ！　……私にこんなことをして、マティアス様とイーサン様が許すわけないわ！　絶対に覚えておきなさい！」

そう言うと、ライザは怒った様子で部屋から出て行った。忘れたくても、こんなインパクトの強い人間を忘れられるわけがないだろう。

——これで少しは、ジェリーの心にも平穏が訪れてくれるわよね。

さて、ジェリーの世話役を決めないと……。

善は急げだ。早速、使用人の書類を取り出し、私は選定を始めた。すると、ある使用人に目がいった。

「ねえ、ティナ。ジェリーのお世話役に、このデイジーという使用人はどうかしら？」

「この方は平民出身では？」

「平民だけど、挨拶をしたとき、一番温かみのある良い子だと感じたわ。それに、この使用人だけで面倒を見るわけじゃないもの」

そう言うと、ティナは使用人の選定に共感とともに賛成を示してくれた。そこで、私はティナにこれからの計画を伝えた。

「ねえ、ティナ。私、しばらくジェリーのガヴァネス《家庭教師》のような役割をしようと思うの」

「お嬢さ……いえ、奥様が直接ですか⁉」

「ええ、そうよ。あの子は勉強に興味があると思うの。だからガヴァネスを雇ってあげたいけれど、愛着に問題がある甘えたいざかりの五歳よ。……ガヴァネスに母代わりはさせられない。でも、その役割も兼ねたガヴァネスを、私ならできるんじゃないかなって……」

ガヴァネスを雇うと、ジェリーはそのガヴァネスを、母のように慕う可能性が出てくる。しかし男児の場合、ガヴァネスが面倒を見る期間はわずかだ。

それらとジェリーのこれまでの環境を踏まえて考えると、ガヴァネスを雇うことはある意味酷かもしれないと思えた。すると、ティナも理解したのだろう。

「ふふっ……奥様らしいですね。私は大賛成です！」

そう言って、賛成してくれた。こうして今後の方向性が決まり、私は約束通りジェリーと一緒にディナーの席に着いた。

「ジェリー、明日から読み書きや算数の勉強をしてみない？」

やりたくもない人に、いきなり強制はしたくなかった。だから、まずは提案を受けるか受けないか、反応を見ることにした。

すると、彼の反応は予想通りだった。

「ちょっぴり……やってみたいかも」

「良かったわ。じゃあ、明日から私と一緒にやってみない？」

「えっ……リアと!?　他の人だったらちょっと怖かったけど、リアなら嬉しいっ……！」

私が教えるとは思っていなかったのだろう。ここまで喜んでくれたら、嬉しくなってくる。会って間もないとは思えない。

さすが五歳児、慣れて心を開くまでの早さが大人とは全然違う。まあ個人差もあるだろうが、ジェリーは元々適応力高めか、私と相性が良いタイプだったのだろう。

そんな彼に、新たな質問をしてみた。

「あと、演奏してみたい楽器とかあるかしら？」

「僕……ピアノ弾いてみたいっ……」

「良いわね！　それも一緒にやってみましょうか！」

そう声をかけると、ジェリーはとても嬉しそうににっこりと笑った。すると、そのタイミングで、近くにいたジェロームがコソッと話しかけてきた。

「しばらく使用していないので、調律できておりません。ここらに調律師はいないので、弾けるのは半月から、多く見積もって一カ月後程度になるかと……」

このジェロームの表情に、ジェリーは少し不安を覚えたようだ。心配そうな顔をしてこちらを見つめている。

「どうしたの……？」

「ピアノのお医者さんが来られるのが、半月から一カ月先だって教えてくれたのよ。だから、ピアノが直ったら挑戦してみましょうね！」

「そうなんだ……。じゃあ僕、ちゃんと直るの待つよ！」

そう言いながら、ジェリーはふふふと嬉しそうに口を押さえて笑っている。そんなジェリーに私は王都の情報を教えてあげた。

「ジェリー、ピアノが弾ける男性は、王都ではモテモテなのよ？」

「うん……。でも僕はリアにモテたら、それでいいっ……」

「あら、ありがとう。じゃあ、素敵な演奏を楽しみにしてるわね！」

「うん！　僕、頑張るね！」

彼はやる気に満ち溢れた様子だ。初めて会ったときとは違い、目が爛々《らんらん》と輝いている。

こちらが彼の本当の姿だったのだろう。そんな彼を見て、私はホッと胸を撫で下ろした。

その一方で、子どもに縁のない私は、こんなやり方で大丈夫なのだろうかと一抹の不安も抱えていた。

第四章　エミリアの領地改革

ジェリーとディナーの時間を過ごした後、私は急いでお義父様に、ジェリーとライザについての報告文書を書き送った。

そして次の日になり、私はヴァンロージア領内に目安箱を設置するように命じた。

もちろん、屋敷内にもだ。

また、約束通りジェリーとの勉強も始めた。

そんなこんなで、残ってくれた使用人たちとも交流を深めて約二週間が経った。

そんなある日、この領地で最も腕が良いと評判の縫製《ほうせい》職人の代表者を、私は屋敷へ呼び出した。

「……エミリア・カレンと申します。本日はお忙しいところ、足をお運びいただきありがとうございます」

「いえ、とんでもございません！　わっ私、リラード縫製の代表を務めております、ウォルト・リラードと申します」

「ウォルトさんですね。これからよろしくお願いいたします」

「こ、こちらこそっ……！　ところで奥様……どういったご用件で私をお呼びになったのでしょうか？」

私は彼を知らないが、当然、彼も私のことを知らない。しかし、彼にとっては私の方が立場が上だからだろうか。私よりも年上なのに、緊張で怯《おび》えたような表情をしている。

そんな彼には悪いが、その彼の様子が、内心ドキドキと緊張していた私を冷静にしてくれた。

そのため、落ち着いた状態で私は彼に話しかけた。

「ぜひリラード縫製の方々に、我が屋敷で働く使用人たちの新しい制服を作っていただきたくお呼びしました」

「新しい制服……？　わっ、私たちがですか⁉」

「はい。あなた方の縫製はとても丁寧ですし、物持ちも良いと聞きました。そのため、ぜひ作っていただきたいのです」

そう言うと、ウォルトさんは林檎《りんご》のように顔を赤面させながら、慌てたように口を開いた。

「王都の高級ブティックでなくてもいいんですかっ⁉」

「はい。使用人にとっては仕事着ですから、高級さよりも利便性の方が重要なんです。そこに素敵なデザインが加われば最高です」

そこで私は、新しい制服の完成イメージと、ディテール部の図をウォルトさんに見せた。

書類の補足欄に絵が得意だと書いていた、使用人のナヴィに頼んで描いてもらったのだ。

「このようなデザインのものを作れますか？　使用人の希望をまとめ、夏はこちら、冬はそちらを想定しているのですが……」

そう伝えると、ウォルトさんは眼鏡をかけてじっくりと絵を見つめた。そして、眼鏡を外したかと思うと、満面の笑みで話しかけてきた。

「作れます！　絵を見て、使用人の方たちが何を求めているのか、おおよそ把握いたしました。ですが……本当によろしいんですか？　今まではずっと王都で注文していたようですが……」

作れると言ってくれて一安心した。次は、私が彼の不安を払拭《ふっしょく》する番だ。

「同じものを作れるのでしたら、わざわざ王都にお金を流しません。このヴァンロージア内でお金を回し、領地を活性化させたいんです」

「領内でお金を循環させるということですか？」

「はい、その通りです。また、あなたたちの作った品の評判が王都に広まれば、領外からも収益を得られるようになりますし」

ここに来る前にお義父様が、隣国のバルテリアと我が国ティセーリンの緊迫状態も、あと一年から二年ほどで解消される可能性が高いと言っていた。

そうなれば、元々肥沃《ひよく》で広大なヴァンロージアが持つポテンシャルを最大限に発揮するときがやってくる。

そのときに向けて、私はヴァンロージアを豊かな領地にしておきたい。それには三つの理由がある。

一つは、結婚したからには、自身の領民となった人々に、豊かな暮らしを提供する使命があるから。

二つは、マティアス様たちのように前線に出ている人々が、帰って来て安心できる土地にしたいから。

三つは、私がマティアス様たちにとって、害のない人間だと証明したいからだ。

これらの望みを叶えるべく、私はこの領内の大改革を進めなければならなかった。

そして、このリラード縫製への依頼はその第一歩だった。

「私はこちらへ来て日が浅い人間です。しかし、使用人たちから話を聞き、あなた方の腕を信頼しています。まずは、冬の制服の製作をお願いできますでしょうか？」

その問いに対し、彼は意欲に満ちた表情で口を開いた。

「お任せください。リラード縫製総出で、必ずや満足のいく制服をお造りするとお約束いたします！」

「ありがとうございます」

「あの……ところで奥様。使用人方の制服ですが、合服《あいふく》はどういたしますか？」

夏服と冬服の話しか出ていなかったが、きっと合服も合わせて一新した方がいいだろう。

「では、合服もお願いします。私よりも使用人の方が求めている要素を答えられると思います。ぜひ、使用人にどんな制服が良いか聞いてあげてください」

「はい！　承知いたしました。奥様や使用人の方のご期待に添えますよう、全力を尽くします！」

——彼はきっと、王都の貴族たちに好かれるでしょうね。

商才と言うよりも、人を惹きつけるオーラや表情があるわ。

製品も良かったら、きっと彼は王都で通用する人材になれるだろう。

そう思いながら、緊張など忘れたように嬉しそうに微笑む彼を見て、私はクスリと笑ってしまった。

そしてウォルトさんが帰ったあと、ヴァンロージアの家具屋がやって来た。今日来てもらうよう、昨日のうちに頼んでおいたのだ。

家具屋を呼んだ目的は、使用人たちの劣化したベッドを一新するためだ。

この約二週間、使用人たちと話をすることで、私は彼らを知ろうとした。すると、その会話の中で、面接や書類では分からなかった彼らの悩みが見えてきた。

その一つが、ベッドの劣化だったのだ。

より詳しく話を聞くと、寝られはするが、壊れたまま使っている者や、寝返りを打つ度にミシミシと音が鳴り、目が覚めてしまうという者がいた。

そこで、実際に使用人の部屋に行って見せてもらったが……

——私だったら、できればこんなベッドでは寝たくないわ。

大切な使用人のベッドなんだから、お金に困ってないのなら替えるべきよ！

もう即決だった。算盤《そろばん》を弾くまでもなく、私は使用人たちのベッドも一新することにした。

働くうえで、睡眠の質はかなり重要だからだ。

こうして私はヴァンロージアに来て早々、給与アップ、制服改良、ベッド買い替え、その他にも様々な使用人の悩みの解決に取り組んだ。

したがって、使用人の労働に関する改革はしばらく様子見しつつ、次に打つ手を考えることにした。

◇◇◇

ドンッ！

机の上に大きな箱が載せられた。すると、その箱を持ってきたジェロームは、いつもの上品な笑顔で言った。

「奥様、こちらが目安箱の中身です」

「まあ、こんなにも入れてくれたんですね！」

箱の中を覗き込むと、様々な字体で書かれた紙が百枚ほど入っている。

「奥様……入れてほしかったんですか？」

困惑した表情でティナが訊ねてきた。要求や不満を持っていなければ、投書されない。だからこそ、ティナは「入れてくれた」という発言の意味が分からなかったのだろう。

「少し誤解させてしまったわね。私は皆の要求や不満を知りたかったの。もしそれを解決できたら、皆が安心して暮らせるじゃない？」

「はい。そうですが……。知りたいから入れてほしかったと言っても、こんなにあるだなんて……」

ティナはとても不安気な顔をしている。ジェロームもティナの発言に触発されて、険しげな表情で箱を一瞥《いちべつ》した。

「意見を言いたくても、言ったら殺されるかもしれないと思って、何も言えない領もあるのよ？」

「――っ！」

「だけど、こんなにも投書する人がいるってことは、カレン家が領民に信頼されている証《あかし》じゃない……」

意見を言っても殺されない。それだけではない。人は言って改善してくれそうになければ、言うことすら諦めてしまう。

だが、こんなにも投書する人がいるということは、カレン家が領民の要望に応えて改善してきた積み重ねがあるのだろう。

ヴァンロージアの女主人になったからには、私がその期待を裏切るわけにはいかない。もしかしたら、書いている人が違っても、内容は同じかもしれない。あるいは、すべて違う要求や不満かもしれない。

だが、その声一つ一つが領民の声であり、それに応えていくのが領主としての役目だろう。

大変なことだが、決して放置してはいけない。人の命がかかっているからだ。

「領民がカレン家を信頼してくれているなら、カレン家の一員となった私は、その信頼に応えなければならない。そうでしょう？」

ティナを見ると、泣き出しそうに震える口をへの字にしながら、うん！　と頷いた。

私が嫁ぐにあたって、ティナもいろいろと思うところがあったのだろう。たくさん心配をかけている自覚はある。

だからこそ、これ以上心配をかけなくてもいいように、行動と成果で伝えていこう。そう心に誓いながら、箱の中の紙を一枚手に取った。

——これは……本人に直接話を聞いてみた方が良さそうね。

この目安箱の投書の署名は任意のため、匿名で出してもよい。しかし、この手紙をくれた女性は署名してくれていたため、私は女性を呼び出した。

「投書を読みました。子どもたちに教育を受けさせたいのですね」

「はい……ですが、私たちには教えるほどの学がありません」

そう言う彼女は、どうやら親たちを代表して投書したようだった。

「ここには学堂がないんですね……。先生をできそうな人はいますか？」

「一人しかいないんです」

——一人しかいないなら、子ども全員には教えられないわ。

でも、あの方法なら……！

こうして、その女性から様々なヒアリングをして別れた後、私は使用人のビアンカ・スミスを呼び出した。

ビアンカは、最初に書類を提出してくれた、とても優秀な使用人だ。

「ビアンカ、お願いがあります」

「お願い……ですか？」

何を言われるのだろうと不安そうな顔をしているビアンカ。そんなビアンカに、私は頼みを告げた。

「実は学堂を開こうと思っているんです。そこで、あなたに勉強を教える先生になってほしいんです。出向という形になりますが、どうでしょう？」

「えっ、私がですか……⁉」

まさに青天の霹靂《へきれき》とでもいうように、彼女は唖然《あぜん》とした顔をしている。しかし、私にとっての最適任者は彼女だった。

「ええ、あなたならきっと子どもにとって良い先生になれると思うんです。受けてくれますか？」

「もちろんです！　精一杯お務めいたします！」

「ありがとうございますっ……。今後また詳細について連絡します。受けてくれて本当にありがとう」

ホッとしながらビアンカを見ると、自信に満ち満ちた様子のビアンカがニコッと微笑んでくれた。

賢さと明るさを兼ね備えた彼女なら、きっと子どもたちの良き師となり、領民たちにも好かれるだろう。

こうして、また領地改革が一歩進んだ。その責任感とときめきを胸に留め、私は再び目安箱の投書のチェックを始めた。

それから数時間後、何百とある投書をすべて読み終えた。その結果、投書内容は主に三つのことに集中していることが判明した。

そのうちの一つは、今年の冬の食料の心配だった。このことについては使用人から聞いていたため、既に策を講じている。パイムイモを用意したのだ。

実は、私の侍女であるティナはパイム男爵家の三女だ。そして、まだ私がブラッドリー侯爵領にいた頃に、最近パイム男爵領でできたイモがあるという話をしていた。

そして何とこのイモ、冷暗所に保存しておけば五カ月は持つらしい。しかも、夏は根腐れに注意が必要だが、どの季節に植えても育つ。また味は落ちるが、荒地でも育つという。

今はパイム男爵領でしか育てていないと言っていたが、これをぜひとも入手したい。そこで、私はティナという最強のカードに協力してもらい、パイムイモの種芋を準備していたのだ。

パイム男爵はティナが世話になっているからと、種芋を快く分けてくれた。そのとき、お金なんていらないと言われたが、パイム男爵とは後々トラブルになりたくない。そのため、何とか半額で手を打って購入した。

——ブラッドリー侯爵領よりも、パイム男爵領がだいぶ近くにあって良かったわ。

今から準備しておけば、少なくともイモがあるから、食料危機にはならないはず！

というわけで、私はちゃっかりカレン家が持つ畑に、パイムイモの種芋を既に植えている。

雇用の創出として、その畑専用の使用人も数人雇った。

もちろん、種芋を農民に配ることも考えた。しかし、初めて扱う野菜のため、まずは実験的にカレン家の畑に植えることにした。

そして、私は呼び出していた農家の代表者に、このパイムイモの説明をした。すると、冬の食料危機の心配がなくなったと安心してくれた。そして、私は彼女に、二番目に多かった投書についての話を始めた。

「人手不足で農業が大変だという投書を見ました」

「その通りです。男たちが戦場に行っているので、一時的とは思うんですが……。元々生産性も低いから心配なんです」

憂いを帯びた顔をした彼女は、はぁーとため息をついた。だが、ハッと我に返ったように目を見開いて私を見て、いかにもまずいというような顔をした。

「ため息の理由も分かります。そうですね……。ここではそれぞれの農地を、どのような形で区分けしていますか？」

「区分け……ですか？　細長い長方形の土地が多い気がします」

「良かった！　それなら一つ使えそうな手があります」

その手とは、重量有輪犂《じゅうりょうゆうりんすき》だ。牛が畑を耕してくれるため、グッと作業効率が上がる。それに、耕地の形も重量有輪犂の利用に向いているのだ。

「どんな手ですか……？」

「重量有輪犂です。牛が畑を耕してくれるので、きっと今より楽になると思います。とりあえず牛を三頭ほど用意するので、試してみてください」

「そんな……よろしいんですか？」

「もちろんです。それでもし効果があったら、共同使用で、各地区に一頭か二頭分用意しましょう」

効果がなければ、その牛は食料難のときに少しだけだが役立つだろう。ということで、まずは三頭用意することに決定した。そして、私は彼女に別の質問をした。

「ここの農業形態は、作付地と休閑地を等分する二圃制《にほせい》ですよね？」

「はい。連作障害を防ごうと……」

「考えてみたんですが、四輪作にしたらどうでしょうか？」

「四輪作……と言いますと？」

ここで、私は彼女に四輪作の説明を始めた。要は耕地を四つに分割し、大麦、クローバー、小麦、カブ等の根菜類を、ローテーションで育てるのだ。そして、ここで肝になるのが……クローバーだ。

このクローバーは、休閑地だった場所で育てることを想定している。クローバーを植えると地力が回復すると、ブラッドリー侯爵領の農民から教えてもらったのだ。

クローバーは、地力の回復と牛たちの飼料の役目を果たす。また、クローバー耕地に牛たちを放牧することで土地が肥沃になり、作物収量が増加し、家畜の飼育と両立できるようになる。

すると最終的に休耕地がなくなり、土地の生産性も労働生産性も上がるのだ。まあ、そう上手くいくかは分からないが、もし成功すれば、ヴァンロージアの農業に大変革が訪れるだろう。

このことを説明すると、女性は驚いた顔をしながらも賛成してくれた。そして、ある提案をしてきた。

「では花津月《はなつづき》の頃に、根菜類としててん菜を植えるのはどうでしょう？　実は恩賜品《おんしひん》として、てん菜の種をいただいたんです」

この提案は、少し考える必要があった。というのも、ブラッドリー家もてん菜の種を恩賜品として賜った。

しかし、植えてみたところ味が微妙で、また砂糖を作れると聞いたが、あまりにも非生産的すぎたのだ。

「てん菜は何の目的で植える予定ですか？」

「砂糖のためです。砂糖は高価ですから、生産に成功すればきっと――」

爛々《らんらん》と目を輝かせ、生き生きと話す彼女。もちろん期待には応えたいが、領地経営という観点で聴くと、安易に賛成できない。

「ご意見は参考にさせていただきますね。種植えは花津月ということですので、もう少し計画して決めましょう。てん菜の件は保留にさせてください」

「あっ！　そうですよね！　すみません……つい……」

「お話が聞けて良かったです。では、また改めて連絡しますね」

とりあえず、今から牛と農耕具の手配をしよう。

――農耕具はブラッドリー領から仕入れるとして、牛は……ジェロームの方が詳しそうね。聞いてみましょう！

そう思ったところ、使用人に呼び出されていたジェロームがちょうど戻ってきた。

「ジェローム！　ちょうど良いところに――」

「奥様、お呼びになっていたお客様が、少々早くご到着されたようです」

「あっ……ではそちらが優先ですね。ジェローム、お客様対応が終わったら少し相談させてください」

「もちろんでございます。それでは、参りましょうか」

その言葉に従い、私は先ほどまでいた客間に再び戻った。すると、緊張したのかビクビクとした様子の客人が目に入った。そんな彼を安心させようと、挨拶をすることにした。

「ごきげんよう。エミリア・カレンと申します」

「ひっ……！　お、奥様……。わっ私はオズワルド・トバイアスと申します。本日はお時間をいただきありがとうございます」

彼は変な声を上げながら、ビクッと身体を硬直させた。しかし、きちんと挨拶を返してくれた。

——他の人たちは緊張しているだけだったけれど、この人からは恐怖心を感じるわ。

投書に書いてあったことが、関係しているのよね……。

「お気になさらず。早速ですが……あなたは魔法使いなんですよね？」

「——っ！　はっ、はい……」

「今回の投書の内容を詳しく聞かせていただけますか？」

話すように促すと、彼はオドオドしながらも、自身の境遇について話し出した。その話をまとめるところだ。

戦闘魔法使いとして、国境防衛や国土防衛のため辺境に派遣されて来た。そんなオズワルドさんは、戦闘中の負傷により戦線から離脱し、現在そのままヴァンロージアに住んでいる。

そんなある日、彼は治療が一段落したため、戦闘魔法使いとしては働けなくなったものの、他の仕事を始めようとしたという。

しかし、領民たちに気味が悪いと避けられて、環境に馴染《なじ》めず、いまだ働けない状況らしい。

「現在、どのように生計を立てているんですか？」

「領民からの出捐《しゅつえん》によって生活できております。領地民から大変慕われている、奥様の夫君であるマティアス卿が領民方に頼んでくださったお陰です」

——マティアス様が……？

顔も知らぬ夫の名前が出てきて、少しドキッとした。領民の彼に対する好感度が高いと知ったから尚更だ。だが、そんな私の気持ちを知るはずもないオズワルドさんは言葉を続けた。

「怪我《けが》で働けなかった当時は、マティアス様のこの対応に感謝しかありませんでした。もちろん今も感謝しています。……ですが、怪我の治った今、享受ばかりでは私たちの立つ瀬がありません。罪悪感でもう耐えられないのですっ……」

働けるのに働けない。しかも、自身らを避けている人たちに寄付してもらっている身の上。

そんな彼らが罪悪感を覚えるのも、立つ瀬がないと感じるのも無理はない。きっとずっと板挟みの状態で苦しかっただろう。

そんな彼には酷だとは思ったが、念のため質問してみた。

「ちなみにですが、避けられる理由に心当たりはありますか？」

「私たちは元戦闘魔法使いです。なので恐らく、何かの拍子に意図的かは関係なく、攻撃されるかもと思われているんだと思います。実際に、戦闘用の魔法を使う怖い人と言われたこともあります」

——領民に魔法使いに関しての知識がないのね。

そもそも、魔法使い自体が極めて稀《まれ》だもの。

でも、戦闘魔法使いはあくまで戦線に立つ魔法使いの俗称で、他の魔法使いと何も変わらないのに……。

何なら戦闘魔法使いは、魔法使いの中でもエリート中のエリートだ。そんな彼らの退役後を知り、やるせない気持ちになる。そんな中、オズワルドさんは意を決したように口を開いた。

「奥様。どうか私たちがヴァンロージアの一領民として働けるよう、お取り計らいくださいませんか？」

「もちろんそのつもりです。しかし、領民たちの戦闘魔法使いに対するマイナスイメージを改善しなければ……」

——どれだけ良い人だとアピールしても何の意味もないわ。

怖がられている魔法が領民にとってプラスになるという経験こそが、戦闘魔法使いのイメージを覆すきっかけになるはず。

でも、それをどうしたら実現できるのかしら？

「あっ……！」

……最適な方法を見つけてしまった。

何事も善は急げだ。ということで、私は早速、思いついた考えをオズワルドさんに話すことにした。

「あなたたちに一つ任せられそうな仕事があります！」

「そ、そのようなものが!?　いったいどんな仕事ですかっ!?」

「砂糖作りです！」

「さ、砂糖作り……ですか？」

てん菜から作られるてん菜糖。このてん菜糖を作るためには、かなりの作業工程と時間を要する。よって提案されたものの、費用対効果が低すぎるため砂糖作りは諦めていた。

だが、魔法使いなら話は別だ。彼らは人が百人がかりですることを一人でこなせる。そのため、少人数で大量の砂糖を作ることが可能になるのだ。

しかも、製造途中に出る糖液を抽出したてん菜は、牛たちの飼料にもなる。よって、牛も冬を越しやすくなる。

「砂糖は貴重で高価な品です。もし製造に成功したら、領地はとても豊かになります！　そうしてあなたたちの魔法のお陰で領地が豊かになれば、きっと戦闘魔法使いの誤解も解けると思います。やってみませんか……？」

無論、この案にオズワルドさんが乗らなかったとしても、戦闘魔法使いに対するイメージ改善の取り組みはするつもりだ。

しかし、この案に乗ってくれた方が、確実にあらゆる面で円滑に事が運ぶ。

――もし乗ってくれたら、だいぶ退役戦闘魔法使いの人々の環境が改善すると思うんだけど……。

彼を見ると、目を閉じて何やら考え事をしている。かと思えば、突然ぱっと目を見開き、怒涛《どとう》の勢いで話し始めた。

「ぜひやらせてください！　私を含めて現在ヴァンロージアには、七人の退役魔法使いがいます。作業工程も踏まえると、この人数なら十分製造可能だと思います」

「てん菜糖の作り方をご存じなのですかっ？」

「はい！　戦線に立つ以前、王立図書館の本で偶然読みました。ですから、作り方の理論は理解しているつもりです」

何とラッキーなことだろうか。実体験ではないにしろ、知識がある人が多いに越したことはない。

「では、花津月にてん菜の植え付けをします。そのてん菜の収穫時期あたりから、あなたたちには本格的に働いてもらいます。それまでは……臨時使用人として、この屋敷で働いてもらいましょうか」

「よろしいんですか!?」

「はい。マティアス様もきっとそのようになさると思います」

――本当はしないかもしれないけれど……。

そんな思いは心に秘め、面接はするものの、オズワルドさんを始《はじ》めとした七人の退役戦闘魔法使いの人を雇おうと決めた。

こうして話がついたことで、オズワルドさんは胸のつかえがとれたのだろう。彼はスッキリとした面持ちで帰っていった。

◇◇◇

「ティナ……今日はちょっと早く休むわ……」

今日は少し働きすぎた。そう思いながら、疲れた身体を早く癒《いや》すためティナに告げた。

すると、ティナは悲痛を孕《はら》んだような声で訴えかけるように返答した。

「ぜひそうしてください！　もう少し仕事量を減らしてもよいのでは？」

「確かにそうね。でも今が踏ん張り時なの。だって、ここに来てまだ二週間とちょっとしか経っていないのよ？　お義父様だけでなくマティアス様に報いるためにも、せめてこれくらいはできる妻じゃないと……」

結婚したくて結婚したわけじゃない。前はそうとしか思っていなかった。しかし最近ふと、マティアス様も同じことを考えているのでは？　と思う気持ちが強くなっていた。

この結婚話はカレン家から提示されたもの。しかし、マティアス様の意見が反映されているかは未知だ。

……彼にとって私が望まぬ存在だという可能性は十分ある。だが、領地経営や家の切り盛りという観点では、結婚相手としてまだマシな人間。

そう彼に思ってもらえるようにすることが、彼に対する償いになるのではないか。そう思い始めたのだ。

――私には、ブラッドリー侯爵領を守れるということと、お父様を安心させられるというメリットがあった。

だけどマティアス様には、この結婚に何のメリットもないもの……。

だが、私はこの思いを言葉にはしなかった。すると、ティナは口角を上げながらもどこか浮かない表情で、私を見つめて口を開いた。

「普通二週間でここまでしないと思いますよ？　……限界が来る前にセーブしてくださいね」

「ありがとう。ティナがいてくれて本当に良かったわ」

「当たり前です！　私はお嬢様から奥様になろうと、ずっとエミリア様の侍女ですから！」

「嬉しいわ。でも、自分のことも大事に考えてね」

「――っ！　泣かせるようなこと言わないでくださいよぉ……」

「えっ……泣かせる気なんてないわよ？」

本当にそんな気はなかった。

しかし、ティナは瞳を潤ませながら素早く私の寝支度を済ませ、何とかその目から液がこぼれる前に部屋から出て行った。

誰もいなくなった部屋。そこに一人残された私は、ティナが出て行った部屋のドアを静かに見つめた。

――ティナ……心配かけてごめんね……。

そう思った瞬間、フッと疲れが襲ってきた。

そのため、ベッドに移動し横たわった記憶を最後に、私は気絶したかのように眠りの世界へと落ちていった。

◇◇◇

ヴァンロージアに来てから三カ月が経った。葉月に来たのに、いつの間にかもう雪待月《ゆきまちつき》も中旬だ。そのあいだに、私は十八歳の誕生日を迎えた。

十八歳の誕生日は、ジェリーとティナとジェロームが主体となり、使用人たちがサプライズでお祝いしてくれた。

こんなにも多くの人から祝われるのは初めてで、この日のことは一生忘れられない大切な思い出になった。

そして今日から使用人は、新しい冬服に身を包んでいる。そんな使用人たちに、私はジェリーを連れて日課の挨拶を始めた。

「おはようございます。新しい制服はどうですか？」

「奥様、ジェラルド様、おはようございます。すっごく温かいし動きやすくて最高ですよ！　何だか気分も一新しました！」

「水仕事のときは腕も捲りやすいですし、ここにタオルをかけられるようになってるんですよ！」

「パッと見ても分からないのに、ポケットがあるのですごく便利です。今日からこの制服で働くのが楽しみです！」

そう言いながら、彼女らはその他にも制服のさまざまな機能を実演して見せてくれた。ジェリーは彼女らの圧に押されたのか、私の後ろに隠れてしまっている。

だが、こんなにも喜んで働くのが楽しみと言ってくれる彼女らを見て、私の胸は躍っていた。

「良かったです。ぜひ、また感想を聞かせてくださいね」

そんな声をかけ、私は他の使用人にも挨拶に回った。

「クロード、おはようございます。庭園以外で花のお世話なんて珍しいですね」

「おはようございます。これは奥様の指示で植えた虫除けのハーブですよ」

「これハーブなの？　ハーブってこんな綺麗な花が咲くの!?」

ジェリーは驚いた顔をしながら、庭師のクロードに話しかけている。先ほどの彼女らと違い、彼は物静かでマティアス様と歳が近いから、ジェリーも話しやすいんだろう。

今度は逆に、ジェリーの方がクロードを戸惑わせているから、悪いが笑ってしまいそうになる。

そんな中、クロードは困った顔で私の顔を見つめてきたかと思うと、何とか言葉を紡ぎ出した。

「奥様が好きにして良いと言ってくださったので、屋敷の外観に合わせたハーブを植えてみました」

「計算されてるんだ……。すごい！　リアもそう思うよね？」

「はい。すごいと思います。いつも丁寧に手入れしてくださってありがとうございます」

「僕からもありがとう！」

ジェリーがこんなに積極的に話すのは初めてかもしれない。こうしてジェリーの成長を見ると、嬉しい気持ちが込み上げてくる。

普段は表情の少ないクロードも、ジェリーの言葉を受け、少し照れ臭そうにはにかんでいる。

そんな光景を見て、私は朝からほっこりとした気分になった。

それから私は、ジェリーと共にグレートルームへと歩き出した。目的は、その部屋に置いてあるピアノだ。

◇◇◇

遡ること約二カ月前のこと……。

「ジェリー、ついにピアノが弾けるようになったわよ！」

「わあ……！」

興奮で頬を赤らめ、喜ぶジェリー。そう、今日は調律師の人がやって来て、ピアノを直す日だった。

そしてついに調律が完了し、ピアノを弾くというジェリーの念願が叶うときが来たのだ。

「リアっ、行こう……！」

「ふふっ、ピアノは逃げないわよ」

早く弾きたくてたまらないというジェリーに手を引かれ、私はジェリーと初めてのピアノレッスンをすることになった。

椅子を二台並べてピアノの前に座ると、隣にいるジェリーはウズウズと嬉しそうにしながら、鍵盤に手を乗せようとしては引っ込めを繰り返している。

「気になる音があるの？　ジェリー、ちょっと押してみて！」

「えっ！　じゃ、じゃあね……」

そう言うと、ジェリーはそっと人差し指で一つの鍵盤を押した。

「ジェリーすごいじゃない！　そこがドの音よ。しかも、特に基本中の基本のド！」

「そうなの？」

「ええ、そうよ。じゃあ次は……ここを押してみてっ」

そう言うと、ジェリーは言われた通り、先ほどのドよりもワンオクターブ高いドの音を弾いた。

すると、勘の良いジェリーは気付いたのだろう。嬉しそうに私の顔を見て口を開いた。

「さっきより高いけど同じ音だ！」

「正解よ！　ジェリーったら冴《さ》えてるわね……。センスが溢れてるのね！」

「えへへっ、そうかな？」

「私はそう思ったわよ。じゃあ、ここの音はどんな音になると思う？」

そう訊ねながら、私は基本のドよりワンオクターブ下のドを指さした。すると、ジェリーはうーんと少し考えながらもポツリと呟いた。

「最初のドより低いドの音？」

「じゃあ、押してみて確認してみましょう」

そう声をかけると、ジェリーは緊張した面持ちで、そっと言われた通りの鍵盤を押した。

すると、瞬時に自分の予想が正解だと分かったのだろう。その喜びを噛み締め確かめるように、何回もそのドを押して無邪気に笑っていた。

「ジェリーはもう分かったと思うけど、右になるにつれて音が高くなって、左にいくほど低い音になるのよ」

「それで、同じ音が高さ別にあるんだよね」

「そうよ。じゃあ、白い鍵盤だと何種類音があると思う？」

そう訊ねると、ジェリーは人差し指で一音ずつ確認するようにドレミから鳴らし、ワンオクターブ上のドに辿《たど》り着いて答えた。

「七種類あるよ！」

「その通り、正解よ。つまり、この七つの音が一ブロックなの。分かるかしら？」

「うん！　分かるよ」

彼は本当に物分かりの良い子どもだ。読み書きも算数も呑み込みが早く教えやすい子だが、ピアノでもその能力は存分に発揮されている。

「良かったわ。じゃあ、次のレベルに行きましょう。さっきジェリーは全部の音を人差し指で弾いていたわよね？　これを、右手の指全部を使って弾いてみましょう」

「全部使うの？」

「ええ、そうよ。じゃあ、私の手を真似て弾いてみてね」

そうして、私はジェリーに解説を始めた。

「まず、右手の親指をドに置いてちょうだい。それでドレミまで私の弾くように弾いてみて」

「ドレミ……ってできたよ！」

「その調子よ！　今、ミに中指があるでしょう？　その中指で押さえているミの鍵盤の右の音はファよ。そのファを今度は親指を潜らせて弾いてみて」

「こう？」

「そうよ！　じゃあ、小指まで順番にこうして弾いてみて」

そう言いながら実演すると、ジェリーは目を輝かせながら弾き始め、スタートよりワンオクターブ高いドに小指を着地させた。

「僕弾けたよ！」

そう言ったかと思えば、ジェリーはハッと何かを思いついたような顔をした。かと思えば、突然「ねえ見てて！」と言うと、ジェリーは先ほどとは逆に下がる音を演奏して見せた。

「ジェリーすごいじゃない！　ちゃんとミを中指で弾いたわね！」

こうして、やったーと喜びながら、私たちはハイタッチをした。

そこで、もっと弾けるんだという実感を持ってほしくて、私はある提案をした。

「今から私がすごく簡単な伴奏をするから、白い鍵盤だけを使って、好きなように弾いてくれる？」

「うん！　ふふっ」

はにかむように笑う彼を見て微笑ましい気持ちになりながら、私は伴奏を始めた。

と言っても本当に簡単で、ファラドミ、ミソシレ、レファラド、ドミソシの七度の和音、ただこの繰り返しだ。

だが、こんな伴奏とも言えないほどの伴奏でも、それに合わせてジェリーはとても楽しそうにピアノを弾いている。

何なら、トリルまでしているし、両手を使って和音も弾いている。

そのうえ本能的に音の合わせを掴んだのか、和音を派生させ、拙《つたな》くもアルペジオを弾き始めた。

こんな出だしで、ジェリーのピアノレッスンは始まった。今は、楽譜を用いて練習をしている。

そして、ピアノを弾くようになり二カ月が経った今も、ジェリーのピアノブームはまだ続いていた。

「ねえ、リア。これ上手く弾けない……」

ジェリーがしょんぼりとした顔で弾くその曲は、指運動を基礎とした練習曲だ。

私はジェリーとピアノをするときは、指の動かし方を覚えるための練習曲と、演奏用の練習曲の二曲を使っている。

そして今彼が困っているのは、前者の練習曲の方だった。

「ジェリー。弾くときに手首を上げて、固定することを意識して弾いてみてくれる？　あと、もう少し右手のテンポを落としたら弾けると思うわ」

「うん、分かった！」

そう言うと、彼は即実践とばかりにテンポを緩め、手首の位置を上げ、跳ねていた手首が動かないように意識しながら弾き始めた。

すると、無駄な動きが減ったからだろう。指だけを動かして弾くという感覚を掴み始めたジェリーは、何回か繰り返すことで、あっという間に弾けるようになった。

「ジェリー……あなたって本当にすごいわ！　ただ弾けるだけじゃなくて、弾いたときの音色も綺麗よ。これから弾ける曲が増えるのが楽しみね！」

「リアのためなら何でも弾けるようになるよ！」

「ふふっ、ありがとう。お兄様たちにも聞かせてあげないとね！」

「うん！　マティアスお兄様にもイーサンお兄様にも、僕がピアノを弾けるようになった姿を見せてあげたいんだ！」

未来に向けてひたむきに頑張るジェリー。そんな健気《けなげ》な彼を見ると、勝手に私まで鼓舞されるような気持ちになる。

――こんな風に新しいことを学んで、五歳の子ががむしゃらに頑張ってるのよ。

私も見習って、ヴァンロージアの領民やカレン家の人たちのために頑張らないと！

こうして改めて目標を持ち直し、私はジェリーとのレッスンを続けた。

そんな私たちを、ティナとジェローム、そしてジェリーの新たな世話人となったデイジーが、後ろから温かい笑顔で見守ってくれていた。

そんなある日のこと、私はいつものようにジェリーとピアノレッスンのためグレートルームにやって来た。すると、二つあったはずのピアノ椅子が、座面の長い二人で座れるピアノ椅子に替わっている。

――教える時に弾きづらくないようにと気を遣《つか》ってくれたのね。

誰が替えたのかは想像に難くない。驚きはしたものの、彼の優しさに気付いた私の口元はつい綻んだ。

第五章　すれ違う想い

父上から結婚の手紙が届いた日以来、落ち着かない日が続いていた。

少しでも結婚相手と言われる女の名前に近い言葉が聞こえると、勝手に耳が、身体が、反応してしまうのだ。不可抗力とでも言えようこの現象に、俺は完全に侵食されていた。

そしてその結果、なぜ俺がブラッドリーというラストネームに聞き覚えがあったのかが、嫌でも判明した。その理由は、最近やって来た貴族出身の兵士たちの会話の中に紛れ込んでいた。

「なあ、俺ら、いつ戻れると思う？」

「どうなんでしょうね……。でも、ここにいる間にビオラ嬢が婚約でもしたら、やるせなすぎます！」

「ビオラ嬢……？　誰だ？」

「昨年の色取月からデビュタントしたご令嬢なんです。ビオラ・ブラッドリー。バージル・ブラッドリー侯爵の末娘なんですよ。でも、僕はシーズンの途中の月見不月《つきみずづき》からここに来たので、アピールもできずじまいで……」

そんな会話が聞こえてきたのだ。

――ああ、ようやく分かった……。

最近来た兵士たちがビオラ嬢の話をしていたから、ブラッドリーという名に聞き覚えがあったのか！

聞きたくない名前と思いながらも、どうして聞き覚えがあるのかという疑問がずっと胸に引っかかっていた。そのため、ようやく謎が解けてすっきりとした気分になった。だがそんな気分とは裏腹に、またも俺の心には靄《もや》が広がった。

なぜなら、俺の結婚相手はビオラではなく、エミリアだからだ。こんなにも「ビオラ嬢は本当に可愛い」という私語が聞こえてくるのに、エミリアの話が一切ないのは解《げ》せない。

別にエミリアに興味があるとか、そういうわけではない。だが勝手に俺の妻と名乗る女よりも、その妹らしき女の方が持て囃される状況が気に食わないのだ。

――少し情報収集してみるか……。

そう思ったところで、ちょうど目の前でビオラ嬢の話をしている兵士たちを見つけた。そのため、盛り上がって話をしている兵士たちに声をかけることにした。

「なあ、さっきビオラ嬢の話をしていただろう？」

「あっ、指揮官殿……！　つい盛り上がりすぎて……すみません！」

そう言うと、目の前の兵士たちは頭を下げた。恐らく、騒いで風紀を乱すなと俺が注意に来たと思い、謝ったのだろう。

確かに彼らは、軽めの注意をするくらいには浮かれている様子だった。しかし、今回ばかりはエミリアという女について自然に訊ねられるレアチャンス。そんな機会を逃すわけにはいかなかった。

「……今回は見逃してやる。だが、一つ質問に答えろ」

そう言うと、目の前の五人の兵士たちは不思議そうな顔をして首を傾げた。そんな彼らに、俺は腹を括って質問をした。

「そのだな……ビオラ嬢には姉がいるだろ？　姉の方はどうなんだっ……」

ただ聞くだけなのに、恥ずかしくて心臓がバクバクする。いちいち妙な脈打ち方をする自身の心臓に苛立《いらだ》ちを感じながらも、俺は答えを待った。

すると、一人の兵士が困った顔で口を開いた。

「どう……とは？」

こちらの心情に反し、えらく間の抜けた返事だった。

――なんて察しの悪い奴だ！

いちいち口にしないと分からないのか⁉

いまだに呆《ほう》けたような顔をする五人を見て、自身との温度差を感じ、ついイラついてしまう。

しかし、言葉にしなければ伝わらないこともある。そう思い直し、勇気を出して俺は再度質問した。

「……っ！　ぁ……姉は可愛いのかと聞いてるんだっ……。顔とか……っ性格とか……」

恥ずかしい、あまりにも恥ずかしすぎる。顔から火が吹き出そうだ。

別に顔や性格が可愛かろうが、可愛くなかろうが、どうでもよい。

だが、仮にも俺の妻を勝手に名乗っている人間だ。評判が良いに越したことはない。

よって、このくらい聞いても別におかしくはないだろう。

——これはあくまで情報収集。

ごく自然な質問のはずだ。

これをきっかけに、エミリアの情報を聞き出す計画だからな！

そう自分に言い聞かせていた。しかし、五人も揃っているというのに、一向に誰も喋り出さない。

——何ですぐに答えないんだ？

もったいぶらずに、さっさと教えてくれ！

……待つ時間がとても長く感じられる。

そんな俺は痺《しび》れを切らし、喋ってくれと急かすため、もう一度口を開こうとした。

すると、そのタイミングでようやく一人の兵士が呟くように声を漏らした。

「お姉さんの方ですか……？　さあ……いつもビオラ嬢とアイザック卿ばかりが目立っていたので、お姉さんについてはあまり……」

――……は？

エミリアのことを知らないとでも言うのか？

あんなにビオラ嬢の話をしていたのに？

どうやらこの男の目には、ビオラ嬢しか映っていなかったようだ。だが、他の兵士たちは情報を持っているだろう。

そう気を取り直したところで、他の兵士が口を開いた。

「分かるぜ。他の兄妹とは一風違ってるよな」

そう発言したかと思うと、俺の視界には先の二人に同調するように頷く三人が映った。

だが、俺の聞きたい答えはそんな曖昧《あいまい》なことじゃない。そのため、催促するように再び問いかけた。

「で、顔や性格は？　っ可愛いだろ……？」

「いやーあんまり分かんないっす。ちゃんと知らないんで！」

「まあ……美形一家だから、顔は良いんじゃないんですか？　珍しいですね。指揮官が女性の話なんて――」

「そうか、ありがとう。……今の会話はすべて忘れろ！！！」

遮るように、俺は一方的に話を終えた。これ以上聞いたところで、何も情報はないと察したのだ。

そのため、これ以上無駄に恥をかく前にこの場を離れるべく、俺は歩き始めた。

すると、そんな俺の様子に何らかの違和感を覚えたのだろう。歩き出した俺の後ろから、心配げな五人の声が聞こえてきた。

しかし、そんな声を気にすることなく、俺はそのまま軍指揮官室に戻った。

そして、流れるように椅子に座り、ふーっと深く息を吐き出した。

するとその瞬間、先ほどの話の感想が脳内を駆け巡った。

――視界にも入らない、記憶にも残らないような女が俺の嫁なのか⁉

ただでさえ勝手に決められた結婚。それだけでも最悪なのに、エミリアがどんな人間なのかすら結局分からない。

ただ、人の記憶に残るほど魅力的な女性ではない、ということだけは分かった。

――恥を忍んで訊いたのに、何だっ……。

この不完全燃焼感は……。

俺には心に誓った女《ひと》がいる。それなのに、裏切るように別の女と既婚者になってしまったらしい。

しかもその相手は、あの女《ひと》の代わりには到底なり得そうにない人間。

そんな事実を突き付けられ、俺は心が苛《さいな》まれるような感覚に襲われた。もう胸が張り裂けそうだ。

だがそんな女が、現在俺の管轄するヴァンロージアの領地経営を代理で担っているという。

俺が今、領地に戻ることができないからだ。

そうなると、その女の暴走を止める最後の希望……俺の頼れる人間は一人しかいなかった。

——はあ……ジェローム。

お前だけが頼りなんだ。

どうか、ヴァンロージアを守ってくれ……。

そう祈りながら、日々を過ごしていた。すると、ジェロームに手紙を送ってから、気付けば約一年が経過していた。

◇◇◇

「兄上、ジェロームから手紙が届いてるよ」

ある日、イーサンが手紙をヒラヒラさせながら、軍指揮官室にフラッと入ってきた。

「ん？　ジェロームから？　まさかっ……！」

その言葉を聞き、一年と数ヶ月前に送った手紙を思い出した。

ジェロームにあの女を監視しておけと頼んだのだ。きっと何かあったから連絡したに違いない。

──もしかしたら、この手紙に離縁の口実になることが書かれているかもしれないぞ！

「俺が以前ジェロームに頼んでいたことがあったんだ！　きっとそれに違いない！」

そう言ってイーサンから手紙を受け取り、俺は急いで中に入った便箋《びんせん》を開いた。

そして、その便箋に羅列された文字を読み、書かれた内容を見て自身の目を疑った。

「おい、イーサン。ジェロームは洗脳されているのか……？」

「は？　何言ってるんだ。貸してみろ」

そう言われ、素直にイーサンに手紙を渡した。

「見間違いじゃないか。読んであげるよ。どれどれ……」

そう言いながらイーサンは、ジェロームからの手紙を読み上げ始めた。

旦那様に許可をいただいたので、約一年前の手紙の返事を送らせていただきます。

結論から言いますと、マティアス様の心配に反し、エミリア様は素晴らしい手腕をお持ちの女性です。怪しい人間や毒婦など以ての外です。

まず、エミリア様が来られてから、ヴァンロージアは大きく変わりました。屋敷に関して言いますと、使用人の質が上がりましたし、労働環境も著しく改善されました。

他にも、厳冬のため昨年から今年にかけて、冬の食料難が非常に心配されていました。しかし、エミリア様の手回しにより、飢餓どころか食料に困る領民は誰一人としておりませんでした。

また食料関係ですと、エミリア様の発案により始めた四輪作が大成功し、領地では今年、いまだかつてないほど作物の収量が増加する予測が出ております。

既に現時点の農作物の収量は、例年の同じ時期を大幅に上回っております。

しかも、退役戦闘魔法使いの人々と協力し合い、なんと大量の砂糖を製造することにも成功いたしました。これはとんでもない快挙で、砂糖の販路が広がり次第、領地はさらに豊かになることでしょう。

それら以外にも、エミリア様は学堂をお作りになりました。その目的は子どもの教育でした。

しかし、大人からも学びたいという声が出ました。

そのため、それに応じる形で、大人にも子どもにも学堂を開放した結果、領民たちの識字率が底上げレベルで向上いたしました。

その他、エミリア様は縫製業にも注力しており、リラード縫製と共に、領外から注目を集めるための企画を進めております。現時点で、企画の進捗状態は良好です。

きっと社交期が始まった頃、蒔《ま》いた種が芽吹《めぶ》くことでしょう。

最後に、マティアス様が心配しておられましたジェラルド坊ちゃまについてです。ジェラルド坊ちゃまは、エミリア様がいらっしゃってからというもの、体調を崩す機会が大幅に減少いたしました。

そのうえ、以前よりも明るく朗《ほが》らかになられました。現在エミリア様がジェラルド坊ちゃまにあらゆる勉学を教えており、ジェラルド坊ちゃまも楽しそうに過ごしております。

よって、エミリア様は現在、ヴァンロージアにおいて必要不可欠なお方になっております。

領民からの人気も非常に高いです。

マティアス様が今のヴァンロージアを見たら、きっと大変驚かれることでしょう。

こんなに素晴らしい奥様はそうそういらっしゃいません。どうか、色眼鏡で見ることなく接して差し上げてください。

この言葉が届きますよう切に願います。

そう締め括られ、この手紙は終わっていた。

「すごい女性だな……。これじゃまるで、ヴァンロージアに降臨した女神じゃないか……」

イーサンが唖然とした表情で声を漏らした。そんなイーサンに、俺は情報を共有することにした。

「お前よりも年下だぞ」

「そうなのか？　あの女の話はするなとか言いながら、実はちゃんと調べてたんだな。まあ、知ってたけど……」

「敵を知ることから戦は始まるだろ。だから調べただけだっ！」

手紙のどこを読んでも、エミリア・ブラッドリーの褒め言葉しかない。もしこれがすべて事実だとしたら、相当すごいことだ。

だが、それはあくまで、自身に関わりがなければの話……。

素直に感謝すべきことだ。そんなことは分かってる。だが、それだと妻と認めざるを得なくなってしまう。

——いったい何がどうなっている！

ジェロームはこの一年間、何をしていたんだ……!?

ジェロームは完全にエミリアを女主人として受け入れているようだ。

絶対的な信頼を置き、味方だと思っていたジェロームに、裏切られたような気分になる。

一縷《いちる》の望みを賭けていただけに、絶望感も桁違いだ。

それと同時に、俺の妻だと名乗るエミリア・ブラッドリーという女に、本来俺が愛した女《ひと》が君臨するべきだった大切な場所を侵されているような感覚にもなる。

「とにかく早く辺境の攻防が終わることを祈るしかない。早くヴァンロージアに戻らなければ……」

このままでは、取り返しがつかなくなる。だって、今はもう、結婚の手紙が届いてから二度目の小春月だ。

――せめて年端月《としはづき》までに終わってくれっ……。

早く戻らなければ。

でないと……！

そう願ったが、年端月になっても辺境の防衛義務の解除通知は来なかった。

◇◇◇

「ジェリー、今日の勉強はお休みよ」

そう告げながら、私は首をゆるゆると横に振った。なぜなら、今から5分前のこと……。

「リア……待ってたよっ……。今日は、何の勉強をするの……？」

約束した時間にジェリーの部屋に行くと、笑顔で駆け寄って来るなりジェリーが訊ねてきた。

しかし、私はそんな今日のジェリーの様子に、ある違和感を覚えた。

——呼吸が浅いし、何だか辛《つら》そうだわ。

それに、笑顔と言えば笑顔だけど、無理に笑ってるような……。

もしかして、具合が悪いのでは……？

子どもは自身の体調の違和感に鈍いと聞いたことがある。とりあえず、座らせた方がいいだろう。

そう考え、私はジェリーの手を引いて長椅子に座らせ、自身もその隣に座った。

「ジェリー。お勉強を始める前に、ちょっとおでこを触らせてくれる？」

「えっ、うん……」

言質はとった。そのため、私は少し戸惑った様子のジェリーの小さな額に指の甲を当てた。

すると予想通り、彼は発熱していることが判明した。ジェリーの顔を改めて見ると、いつもより頬が赤らんでいるような気がする。何となく、目元もとろんとしている。

「ジェリー、熱があるわ。辛くはない？」

「んー……よく分かんない……」

「そうなのね。……頭とかお腹とか、どこか痛いところはない？」

「痛くないよ。でも、なんかクラクラする……」

「クラクラするのは、恐らく熱のせいとだと思うわ」

今のところ、咳や鼻水といった分かりやすい風邪症状は出ていない。

しかし、元々病気がちな子。熱が出ているからには安静は必須だろう。ということで、私はジェリーに今日の予定を伝えた。

「ジェリー、今日の勉強はお休みよ」

そう告げた瞬間、ジェリーの下顎《したあご》が、重力に逆らえなくなったかのように落ちた。

このときのジェリーのショックを受けた可愛らしい顔は、しばらく忘れることができないだろう。

そして勉強は急遽《きゅうきょ》取りやめ、ジェリーの体調を診てもらうべく医師を手配した。その結果、咳や鼻水の症状が出づらいタイプの軽い風邪だろうとの診断が下った。

「ごめんね、リア……」

「どうして謝るの？」

「せっかくリアと勉強できたのに、無理になっちゃった……」

「いいのよ。体調が悪いときはちゃんと休まないと。そうでしょう？」

「うん……」

言葉では肯定するが、ジェリーの表情には不服さが滲み出ている。とはいえ、ジェリーは素直な子。診察が終わると、大人しくベッドに横たわった。

「免疫力を高めている途中です。風邪をひきやすいでしょうが、安静にすれば治りますのでご安心ください」

「良かったです。早急な往診対応をしてくださりありがとうございます」

大事には至っていないということで一安心した。そのため感謝を伝え、医師の見送りは使用人に任せた後、私はジェリーが眠るベッド脇の椅子に座った。

そっとジェリーに視線を向けると、私を見つめる切なげな瞳と視線が絡まった。

──私がいたら、この子もゆっくり休めないはず。

様子を見るためにいようかと思ったけれど、部屋を出た方がよさそうね……。

「ジェリーは今、丈夫な身体になっている途中なの。だから、きちんと安静にしていたら治るそうよ」

「そうなんだ。良かった……」

「私がいたら眠れないでしょう。今から執務室に戻るから、ゆっくり休んでね。ジェリーが起きた頃、また来るわ。それじゃあ、おやすみな――」

「……行かないでっ」

「えっ……」

聞き間違いだろうか。

引き止められるとは思わず、驚いて声が漏れてしまった。

すると、そんな私を見たジェリーは慌てたように口を動かし始めた。

「き、気にしないでっ……。ぼ、僕、何も言ってないから！」

そう言うと、頭の上まですっぽりと布団の中に潜り込んでしまった。

どれだけ嘘をつくのが下手なんだろうと、つい笑いそうになる。というか、笑ってしまった。

「ふふっ、ジェリー」

「……？」

「勉強はできないけれど、せっかくだし、眠る前に一冊本を読みましょうか？」

布団の中に潜り込んだ彼にそう声をかけると、ひょっこりと布団から顔を出した彼は、それは嬉しそうにはにかんだ。

そのため、私はジェリーが眠れるようにと、一冊軽めの本を選んで読み聞かせを始めた。

「……おしまい」

そう締め括りジェリーを見ると、彼の眼はパッチリと開いている。眠りの導入にしたかったのに、まったく眠くなさそうだ。

かくして、私の読み聞かせ作戦は見事に失敗してしまった。

——どうしたらジェリーは眠るのかしら？

早く身体を休ませてあげたいんだけど……。

そう思いながら、ジェリーが眠りにつくための策をいろいろと考えていた。すると、そんな私に対し、おもむろにジェリーが口を開いた。

「読み聞かせなんて、お兄様以来だ……」

「お兄様が読み聞かせしてくれてたの？」

「うん。二人とも読んでくれたけど、特にマティアスお兄様が読んでくれてたんだ……」

とても意外だった。偏見の目で見て申し訳ないが、軍営育ちのマティアス様やイーサン様が、子どもに絵本を読み聞かせする姿の想像がつかない。というか、想像も何も、顔すら知らないのだが……。

まあ、それはとりあえずいいとして、男性が子どもに絵本を読み聞かせをすること自体が極めて稀な貴族社会。しかも、軍営育ちの人が読み聞かせていたというのだから、驚きも倍だった。

――マティアス様は本当に弟想いの方なのね……。

血の気が多いと聞いていたから不安に思っていたけれど、ジェリーの話を聞く限り、とても優しい誠実な人に聞こえるわ。

私は他人《ひと》から聞いた情報だけを元に作り出したマティアス様の姿を想像しながら、勝手に脳内で一人感心していた。

すると、そんな私にジェリーが話しかけてきた。

「初めてリアに会った日、『不朽』を読んでたでしょ?」

「ええ、そうだったわね」

「マティアスお兄様の好きな本なんだ。お兄様は毎回あの本を読み聞かせてくれたんだ」

前言撤回。やっぱりマティアス様は優しくてもちょっぴり、いや、かなり変わった人だ。

マティアス様がこの家にいた頃といえば、ジェリーが三歳か四歳くらいだろう。不朽はそんな年齢の子が理解できる本じゃない。

そもそも、読み聞かせるような本でもない。

だが、そんな突っ込みをジェリーに入れるわけにはいかない。そのため、引き続き私はジェリーの話に集中した。

「僕ね、あの本で文字を覚えたんだ」

「前にそう言っていたわね。でも、どうやって覚えたの？」

以前聞いたことはあるが、タイミング的に詳しく聞けなかった。ただ、『不朽』だけで文字を覚えたが故に、読みレベルが虫食い状態ということだけは知っている。

そのため、これを機に、覚え方の詳細を訊ねてみることにした。

すると、少し予想外の答えが返ってきた。

「マティアスお兄様が何回も読んでくれて、分からない言葉は一から全部教えてくれたんだ」

とんでもない英才教育だ。しかも、その英才教育がある意味成功していると言うのだからすごい。

——言葉の意味を教えたところで、その説明の意味が分からないループに嵌《は》まる年齢でしょうに……。

説明されて理解できるジェリーはすごいわ。

いや、理解させているマティアス様がすごいのかも？

この三兄弟の次元に、私はとても付いていけそうにない。とんでもない家に嫁いできたのかもしれない。

そんな風にヒヤヒヤしていると、そんな私に対し、ジェリーは落ち着いた様子で言葉を続けた。

「あとね、逆に僕がマティアスお兄様とイーサンお兄様に本を読んで覚えたんだ……。何回読んでも毎回笑って聞いてくれたんだよ？　もう一度お兄様たちに会いたいなぁ……」

とても寂しそうな声でポツリと呟いた。そんな彼は、眠くなってきたのか話はするもののうつらうつらとしている。

……そろそろ頃合いだろう。

そう考え、私はもう少しで眠りそうなジェリーに囁《ささや》くように声をかけた。

「必ず会えるわよ」

「そうかな……？」

「ええ、大好きなジェリーのために帰って来るはずだもの」

「っ！　そうだったら良いな……僕も二人が大好き。リアも大好き。四人で一緒に暮らしたいな……」

「じゃあ、そのためにも元気にならないとね。ジェリー、楽しいお話を聞かせてくれてありがとう。そろそろ寝ましょうか」

「うん……」

そう返事をしたかと思うと、ジェリーはそのまま眠りについた。そのため、私は起こさないようにそっと部屋を出て書斎に戻り、ジェリーとの話を振り返った。

「ねえ、ティナ。マティアス様はとても優しい人みたい。血の気が多いなんて聞いていたけれど、そこまで不安にならなくていいのかもしれないわ……」

結婚はしたくなかったし、結婚生活も悲観的なものを想定していた。

だが今、私は人生で一番楽しい時間を過ごしている。それも、死ぬまでずっとこんな生活が続けば良いのに……と思うほどの楽しさだ。

ティナやジェロームをはじめとして、使用人たちは皆明るく優しい人ばかり。ジェリーという弟のような息子のような癒しの存在もいる。

それに何より、とても大変だが、領主代理としての仕事はとてもやりがいがあって面白い。領地が目に見えて良くなっていく達成感がたまらないのだ。

ただ、そこには肝心の夫となるマティアス様が存在していない。そのため、帰って来たらどうなってしまうのかとずっと不安だった。

でもジェリーの話を聞いて、望まぬ結婚だったものの、マティアス様とは上手くやっていけるのかもしれない。そんな淡い期待を胸に抱いた。

その後、その思いが砕け散ることになるなど、このときの私は知る由もなかった。

第六章　秘密の関係

——奥様。

私がそう呼ばれるようになってから、約一年の月日が流れた。それから約半月後、花津月の頃から葉月の中頃まで続く社交期がようやく終わりを迎えた。

この社交期は結婚してから初めてのものだったが、私は王都に行かなかった。

なぜなら、父親が亡くなった場合、一年間社交の場に出ず喪に服すことが貴族女性のマナーや美徳とされているからだ。

私の父が亡くなったのは、昨年の愛逢月。

よって、喪が明けるのは社交期の終わり間際になってしまい、残された社交の期間は半月ほどになってしまう。

シーズン中とはいえ、社交期が終わる前に領地に帰る貴族も多い。

——そんななか、逆行するように王都に行くことは、かえって悪手なのでは？

そういう考えに至った私は、今回の社交期に王都には行かないことにしたのだ。

ちなみに、お義父様はこの考えに納得してくれ、「社交面は俺に任せておけ」と、それは頼もしい手紙を送ってきてくれた。

私はそんなお義父様の誠意に応えられるよう、次の社交期に備えてあらゆる布石を打つことにした。

そのために私が特に力を入れたのは、ヴァンロージアの特産品として、砂糖とリラード縫製の商品の販路を拡大することだった。

そして、その目的を叶えるための作戦の名前、それは『ビオラ、フル活用大作戦！』だ。

その作戦の内容は至ってシンプル。ビオラに砂糖を皆に宣伝してもらったり、リラード縫製の服を着てもらったりして、広告塔になってもらうのだ。

また、この作戦の肝は、ビオラ本人は宣伝しているつもりがないというところにある。

ビオラは本当にお茶会が大好きで、よく人を家に招く。招かれる側もだが、招く側の方が好きな子なのだ。

そんな彼女は自身がお茶会の主催者のとき、貴重な品が手に入れば、招待客に必ずそれらを提供する。

その理由は、皆に楽しんでほしいから。ただ、それだけだ。

そのため、いくら貴重でも、ビオラは出し惜しみなんて一切しない。

そんなビオラに砂糖を贈るとどうなるか……。

——間違いなく、砂糖をふんだんに提供するわ。

そして、意図せず砂糖を招待客に宣伝しまくるに違いない。

ビオラは天然の塊だもの……。

砂糖は高価なため、甘いスイーツなどは滅多《めった》に食べられない。それは高位貴族であっても変わらない。

では、それほどに貴重な品を提供されたとき、大多数の招待客たちはどう行動するか……。

もう、その答えは明白。彼女らは、あちこちに自慢して回るのだ。そしてその話が回り回ることで、ヴァンロージアの砂糖が貴族中に知れ渡ることになり、販路拡大の道が見えてくるのだ。

また、ドレスを贈った場合も同様の効果が見込める。

なんせ、ビオラは今や社交界の花。どんな服を着ていても注目されるのだ。

それに、ビオラはよほど嫌いでない限り、プレゼントされた服は必ず着る。そのため、ビオラにリラード縫製のドレスを贈ったら、社交の場に着て行くことは確実だ。

しかも、あの子はなぜか必ず、私が贈ったプレゼントを人に自慢する。

よって、社交界にリラード縫製の名が知られるのは時間の問題ということになるのだ。

「ねえ、ティナ。お兄様にも贈った方がいいわよね？　燕尾《えんび》服とかどうかしら？」

「いいですね！　もういっそのこと、ビオラお嬢様とペアルックになさってはどうですか？　二人とも大喜びすると思いますよ」

言葉にはしないが、ティナはビオラやお兄様を嫌っている節《ふし》がある。少し皮肉めいた言い方をするティナを窘《たしな》めながらも、確かにその手はありかもしれないと思った。

──だって、本気で喜びそうだもの。

進んで着て宣伝しまくる未来しか見えないわ……。

ということで、私はブラッドリー侯爵家にヴァンロージア産の砂糖と、リラード縫製のドレスと燕尾服を贈った。

──どうか、社交期にこの種まきが芽吹きますように。

そう祈りながら、私は領地経営に取り組み、社交期に向けて準備も着実に進めた。

そして月日は流れ、とうとう結婚してから二回目の社交期が始まった。

◇◇◇

「ついに戻ってきたのね……」

花津月になり社交期が始まったため、今、私は王都にあるカレン家の別邸に来ていた。社交期のあいだ、私はしばらくこの別邸で生活することになる。

ちなみにジェリーだが、医師に長時間の移動はまだ控えた方が良いと言われ、領地に一人でお留守番することになった。

心苦しいが、ジェロームとデイジーがいるし、ジェリーのお気に入りのクロードもいるから、どうにか耐えてくれるだろう。

そう信じて、私はティナと荷運びのための最低限の人数で王都に戻ってきた。

お義父様は会うなりヴァンロージアの経営に対する礼と、ライザの本性を暴いたことに対する礼を伝えてきた。

ライザの件については、以前にこれでもかと言うほどの感謝状が届いていたが、口頭で直接礼を伝えたかったらしい。

亡き妻の最側近侍女であり、マティアス様とイーサン様の乳母としての役割を務め上げた人物ということで、かなり信頼を寄せていたそうだ。

だからこそ、ジェリーを虐待しているとは思いもしなかったと、何度も嘆いていた。

こうしてお義父様との再会を迎え王都に来たものの、私には一つ問題があった。

それは、社交の場の同伴者となるはずの夫が不在ということだ。

だが、その問題はすぐに解決した。すべてのエスコートをお義父様が引き受けてくれたのだ。

そのうえ、お義父様は私をパーティーや演劇、画廊といった様々な場所に連れて行き、その場その場で事業相手になりそうな人を紹介してくれた。

こうしたお父様の素晴らしい人脈もあり、清和月になった頃には砂糖事業は販路拡大に成功していた。

そのうえ、リラード縫製の支店を王都に出す話も出始めていた。

——何だか、順調な社交期の滑り出しじゃない？

ずっとこんな調子が続けばよいのだけれど……。

そんなことを考えていた、ある日のことだった。ティナが慌てた様子で手紙を持って来た。

「奥様！　お手紙が届いております！」

「ティナったら、そんなに慌ててどうしたの？」

——ティナがこんなに慌てるなんて珍しいわね。

誰からかしら……？

そう思いながら受け取った手紙は、一介の貴族から届いたとは思えないほど荘厳さの漂うものだった。開けなくても、それなりの人物から届いた手紙だと分かる。

初めての出来事に、思わず心臓がドクンと音を立てる。そんな状態の中、私は他の手紙よりもずっと慎重かつ丁寧に封を開け、中から便箋を取り出した。

そして、一度深く深呼吸をし、便箋に綴られた美しい文字を目で追った。

「ど、どなたからでしたか？　内容はなんと……？」

手紙を最後まで読み終えると、心配そうにティナが訊ねてきた。私はティナに緊張と震えを抑えながら言葉を返した。

「王妃様から……お茶会のお誘いよ」

王妃様のお茶会のメンバーと言えば、高位貴族の御夫人がほとんどだ。きっと参加者の中で私が最年少になるだろう。

集まりそうな面々を想像するだけで、気が遠くなる。

——きっと、令嬢ではなく、夫人としての私を試されるんだわ。

相手は立場を笠に着て、好き放題何でもかんでも言うモンスターよ。

絶対に油断は許されない。

気を引き締めないと……。

こうして、たった一通の手紙によって、恐ろしい魔物たちが跋扈《ばっこ》しているであろうお茶会に行くことが決定してしまった。

◇◇◇

それから数日後、とうとう緊張のお茶会の日がやって来た。私は今、会場となる王宮に向かっているが、ある目的のため、レミアット通りのとあるパティスリーに寄っていた。

「ご注文の品です。日持ちはしますが、できるだけお早めにお食べくださいね」

「はい、承知しました。わざわざ作っていただいて、ありがとうございます」

「とんでもないです！　こんなにもふんだんに砂糖を使ったスイーツを作れる機会なんて滅多にありません。こちらこそありがとうございました！」

そう言ってくれたのは、その店の菓子職人だった。

実はお茶会の招待状が届いてすぐ、ヴァンロージアの砂糖を使ったお菓子を手土産にしようと考えていた。しかし、カレン家にはスイーツに特化した料理人がいない。

——作ろうと思えば作れるでしょうけど、差し上げる相手は一国の王妃。

一家門の料理人の作ったスイーツではなく、スイーツの専門家が作ったものの方が良い気がするわ……。

そう思った私は、王都で人気のレミアット通りにあるパティスリーに赴き、ダメ元でヴァンロージア産の砂糖を使ったお菓子を作ってくれないかと打診した。

すると、職人たちはこちらが驚いてしまうほど、快く承諾してくれた。そのため、こうしてお茶会前に完成した手土産を受け取りに来ているのだ。

そして商品を受け取り、店を出てすぐのタイミングで、ティナが弾むような声で話しかけてきた。

「喜んでくださるといいですね！」

「ええ、そう思ってくださったら嬉しいわね！　気に入ってくれることを祈りましょう」

「はい！」

お茶会が控えているため緊張する。しかし、手土産を受け取れたことで、少し気持ちが落ち着き、和やか気分でティナと話しながら馬車へと歩みを進めていた。

その道の途中、何となく道路を跨いだ私たちの反対側にある歩道に目をやった。

すると反対側の歩道の、私たちから見て斜め前方にある路地裏に、女性のドレスの裾が目に入った。

――こんな路地裏に、あんな上等なドレスを着た人がいるなんておかしいわね？

何かトラブルでもあったのかしら……。

「ねえ、ティナ」

「どうされましたか？」

「あの反対側の歩道の路地裏に人がいる気がするんだけれど、気のせいかしら？　ドレスが見える気がするのよ」

そう伝えると、ティナは反対側の歩道にある路地裏に目を向けた。

「確かにドレスを着た方がいらっしゃいます！　それに……もう一人、人影が見える気がするんですが……」

――何だか良くないことが起こっているのかしら？

もし誰かが事件に巻き込まれているんだとしたら、どうしましょう……。

そんな心配が湧き上がってきたため、私たちは反対側の路地裏の全貌が見える場所まで小走りに移動した。

そして、見える位置まで来て確認しようと路地裏に目を向けたところ、そこには見たことのある二つの顔があった。

――あれは、マーロン伯爵夫人と……マイヤー伯爵？

「なぜ二人がこんなところに……？　それに何で――」

……一緒にいるの？

そう声を漏らす前に、道路を挟んだ目の前の二人は、濃厚かつ熱烈な口付けを始めた。

二人だけの世界に酔いしれている様子で、角度を変えては何度も何度も口付けている。

遠くからでも生々しさが伝わってくるその様《さま》に、見てはいけないものを見てしまったと、私もティナも堪らず目を背けた。

「お、お、奥様！　とっとりあえず、馬車に戻りましょう！　刺激が強すぎますっ……」

「えっええ……！」

こうして、私たちは慌てて移動を再開し、二人で馬車に飛び乗った。

——マーロン伯爵夫人とマイヤー伯爵夫人は親友でしょ⁉

ということは、マーロン伯爵夫人は親友の夫と不倫をしているというの……？

なんて酷い裏切りだろう。そんなことを考えながら、私もティナも気まずさに包まれたまま、王宮へと辿り着いた。

案内されてた部屋の中には、主催者である王妃様と、数人の招待客がいた。そして、その招待客の面々の中に、マイヤー伯爵夫人がいた。

——よりにもよって、マイヤー伯爵夫人がいるだなんてっ……！

気まずいどころじゃないわっ……。

ニコニコと笑顔を浮かべてはいるつもりだが、私は本当に上手く笑うことができているのだろうか？

そんな不安を抱えながらも、王妃様に挨拶すると共に、手土産を渡した。

すると、王妃様は満面の笑みで声をかけてくれた。

「噂はかねがね伺っておりました。これがヴァンロージアのお砂糖を使ったスイーツなのですね！　いつか食べてみたいと思っていたのです。今から食べるのが楽しみだわ！」

「喜んでいただけて幸いです。お紅茶に合いますので、よろしければぜひ一緒にお召し上がりください」

「そうなのね！　ありがとう。さあ、エミリア夫人。どうぞお座りになって。あともう一方いらっしゃるの」

「はい。ありがとう存じます」

まずは第一関門クリアだ。そんなことを考えながら座った瞬間、最後の招待客がやって来た。

その客の顔を見て、私の心臓は一瞬鼓動が止まった。

——最後の招待客って、マーロン伯爵夫人だったの……!?

何てこと……。

今回のお茶会は、新参者の私を試す場であると思っていたが、まさかこんな試し方まであるなんて想定していなかった。

不倫している側と、そんなことを知らないされた側が仲良くしているところを見るほど、気まずいものはない。

現在この部屋の中には、王妃様と招待客、そして招待客の侍女が一人ずついる。ティナの方をチラッと見ると、平静を装いながらも完全に目を泳がせていた。

――ああ、マーロン伯爵夫人。

何て罪深い人なの……。

こうして変な緊張も加わってしまった状態で、お茶会は始まりを告げた。

◇◇◇

お茶会が始まってから二十分が経過した頃だろうか。予想外なことに、私は誰からもいびられることなく、楽しく談笑に参加できていた。

思わず拍子抜けしてしまうほどに、なんとも和やかな時間が流れている。

――杞憂だったかしら……？

ひっそりとそう思った矢先、そんな和やかな空気を切り裂くように、慌てた様子の男性が室内に入ってきた。かと思うと、男性は真っ直ぐに王妃様の元へと駆け寄った。

そして、王妃様に何やらゴソゴソと耳打ちすると、ハッと驚いた顔をした王妃様が私たちに声をかけてきた。

「皆さん、ごめんなさい。至急、行かなければならない用事ができたの。でも、お茶会は始まったばかりです。なので、私は席を外しますが皆さんはどうかそのままお茶会を続けてください。楽しんでいってね」

そう言うなり、王妃様は私たちを置き去りにして、急いだ様子で部屋から出て行った。

——どうしたのかしら？

お茶会の途中で主催者が抜けるなんて、余程《よほど》の何かがあったのよね……。

王妃様が出て行った扉を見ていた私は、すぐに視線を元に戻した。すると、先ほどまでニコニコと笑っていたご夫人方の顔から笑顔が消えていた。

そして、そのことに気付いたと同時に、一気に会場に不穏な空気が漂い始めた。

「ねえ、エミリア夫人？」

王妃様が出て行くと、開口一番マーロン伯爵夫人が話しかけてきた。そのため夫人に視線を向けると、彼女はとんでもない言葉を続けてきた。

「あなた、結婚式で夫役として代理を立てていたでしょう？　もしかして、実は愛人だったりするんじゃないの？」

急に下品な話をし始めた彼女に驚き、思わず身体が硬直する。だが、こんな戯言を肯定するわけもなく、私は急いで訂正した。

「あの方は、義父のカレン辺境伯が選んだお方なんですよ。愛人だなんて有り得ませんわ。もし気になるようでしたら、ぜひお義父様にご確認ください」

これは紛れもない事実だ。誰が相手だったのかも知らないのに、愛人だなんてとんでもない侮辱だ。

でも、こうしてお義父様の名前を出したからには、これ以上は何も言ってこないでしょう……。

そう思っていたのだが、マーロン伯爵夫人はさらに信じられない言葉を投げかけてきた。

「数年前に、今のあなたみたいに清廉そうな子の不倫が発覚したこともあったのよ？　だから、それだけじゃ信用には……って、あっ！　もしかして、実はカレン辺境伯とデキてるの？」

――は……？

この人はいったい何を言っているの？

頭がどうにかしてるんじゃないの？

あまりにも酷い彼女の妄言に、とてつもなく怒りが募《つの》ってくる。だが、私が言い返す前に、マーロン伯爵夫人の親友であるマイヤー伯爵夫人を筆頭とし、皆が口を開き始めた。

「確かに、カレン辺境伯がずっとエスコートしているみたいだし、ありえなくはないかもっ！」

「え!?　義理の父親でしょう？　やだわ～、不倫なんて……」

「カレン辺境伯ったら、息子から嫁を寝取るのが趣味なのかしら？　いやね～」

もう絶対に許さない。やられたからには、やり返してやるわ。

そう心に決め、私はマーロン伯爵夫人に照準を合わせた。

「お義父様は辺境で国を守る夫の代わりとして、私を気遣いエスコートしてくれただけです。不倫だと言われるなんて、心外ですわ」

一応そうは言ったものの、彼女らが一度狙った獲物をそんな言葉で逃すはずがなかった。そのため、私はすかさず言葉を続けた。

「私の亡き父とお義父様は、刎頸《ふんけい》の友と言い合うほどの仲でした。なので、親友の娘であり、息子の嫁である私に良くしてくださっているんです。あっ！　そうです！　お義父様ったら、このあいだ画廊に連れて行ってくださったんですよ！」

ここで私はマーロン伯爵夫人に対し、矢を射った。

「そこで見た『レミアットの夕暮れ』『路地裏の逢瀬』『接吻』――この三作は、特にインパクトが強い作品でした」

「私も観に行きましたよ！　レミアットの夕暮れは初めて見る大きさの絵でしたが、あれは本当に壮観でしたね」

「接吻はタイトルと絵が乖離《かいり》しているようでいて、その組み合わせしか考えられない不思議な絵だったわ……」

「路地裏の逢瀬は、二色だけで描かれた作品だそうですよ。二色であの表現力は圧巻でしたわ！」

そう言うと、観に行ったというご婦人方は楽し気に話を膨らませ始めた。そんな中、私はマーロン伯爵夫人に対し、貴族らしい笑みを向けて微笑んだ。

するとマーロン夫人は私と目が合うなり、サッと顔が青ざめ、急にオドオドし始めた。

そして、先ほどまでの勢いはどこへやら、急に黙り込んでしまった。

――やっと黙ったわ。

これ以上、お義父様と私について変なことを言ったら、絶対にこれ以上でやり返す……。

でも、これで今日はとりあえず乗り切れたわね。

なんてことを思っていたが、お茶会はそう甘くなかった。今度は、マイヤー伯爵夫人が私を攻めだしたのだ。

「ところで、エミリア夫人。夫君とはお会いになったのかしら？　私の仕入れた情報では、ずっと辺境にいて会っていないと聞いたのだけれど？」

ここで下手に嘘をついたら、より大きな攻撃をされる可能性が高い。ここは素直に答えよう。

「はい。仰る通り、まだ会っておりません。夫は国防の最前線で働いていますので、そちらの活動に注力してもらっているんです」

「そんなの綺麗事でしょう？」

「……と言いますと？」

「いくら指揮官とはいえ、少しの間一人いなくなったくらいで、ダメになるような組織じゃないでしょう？　あなたに会いたくないいんじゃないの？」

イーサン様がいるのだから、一瞬帰って来るくらいできるのでは？　と、私も考えたことがかつてはあった。

だが、ジェリーやジェロームからマティアス様の話を聞いて、その一瞬のせいで何かが起ってはもう遅いという責任感から、彼はずっと辺境の最前線にいるものだと思っていた。

――会いたくないという彼の気持ちも分かる。

だけど、本当にそれが理由で帰って来ないんだとしたら……かなりショックかもしれない。

そう思ったが、そんな気持ちを吐露《とろ》するわけにもいかない。そのため、私は咄嗟にそれらしい言葉を返した。

「夫は責任感のある人です。それに、自身の地位の重みを誰よりも理解しています。だからこそ、この国を守るために身を挺《てい》して辺境に留まっているのです」

「まあ仮にそうだとして、あなたは夫が帰って来ないから不満なんじゃない？」

「夫が家を空けている理由は、国を守るためだと分かっております。そんな夫に対して、不満なんて感情は一切ございません」

——国を守ってくれているんだもの。

むしろ、ありがたいくらいだわ。

そんなことを思って答えたが、この答えはマイヤー伯爵夫人にはお気に召さなかったらしい。

めげずにまたも言葉をかけてきた。

「痩せ我慢をしているだけでしょう？　ここにいる人の前では、そんな嘘つかなくていいのよ。素直に答えてみて？」

「素直にと言われましても、嘘も何も、すべて本当のことですので……」

苦笑のような微笑みを向けながら、マイヤー伯爵夫人を見つめ返した。すると、彼女の目に怒りが宿ったのが分かった。

「あなたね……そうやって素直じゃないと捨てられるわよ。それに、目上に対してそんな傲慢な態度、私たちだから問題ないけど、男はそういう態度を嫌うのよ？　ねえ、皆さん？」

「愛嬌のない女も疎まれるわよ」

「結婚式にも来ないくらいの人だから、疎む以前の問題かもしれないわね」

「子どももいないんでしょう？　それなのに今から愛想を尽かされたら、女としても妻としてもおしまいよ？」

聞き流せばいいはずの言葉なのに、いちいち心に刺さってくる。何でこんな攻撃を食らってしまうのかと、弱い自分に嫌気が差す。

「別にあなたに意地悪したいわけじゃないのよ？　これは全部、あなたのためのアドバイスなの！　そうならないように、意識を改善させていきましょうっていう話をしているのよ」

まるで赤子を宥《なだ》めるかのように私に話しかけると、マイヤー伯爵夫人は優雅ににっこりと微笑んだ。今の私にとって、彼女のその笑顔は悪魔の笑みそのものに見える。

——どの口が言ってるの？

他人の夫婦関係に口を出す前に、自身を振り返ってみるべきよ。

はあ……なんて言ったら、これ以上夫婦関係について何も言われなくなるの⁉

何を言っても、ああだこうだと言ってくる人たち。そんな彼女らに、私はどんな言葉を返そうかと、必死に頭をフル回転させていた。

そんなとき、王妃様が出て行った扉が突然開く音がしたと同時に、扉の方から男性の声が聞こえてきた。

——この声はっ……。

反射的に扉の方へと視線を向けた。

すると、見覚えのある人物が私の視界に映った。

「あれ？　母上に演奏を頼まれていたのですが、いませんね……」

そう独り言つ人物。それは、この国の第三王子であるカリス殿下だった。

そして殿下が来たと理解した瞬間、皆が席からサッと立ち上がり、挨拶と共に礼をした。

ゆっくりと顔を上げてカリス殿下の方を見ると、カリス殿下とばっちり目が合った。かと思うと、なぜかカリス殿下はウインクを飛ばしてきた。

――えっ……何でウインクを？

不可解な彼の行動に対し、思わず頭に疑問符が浮かぶ。だがそんな中、カリス殿下はマイヤー伯爵夫人に近付くと彼女に話しかけ始めた。

「これはこれは、マイヤー夫人。お久しぶりです」

「あら、殿下。お久しぶりですね」

王子に一人だけ声をかけられて嬉しいのだろう。知らない人が見ても分かるくらい、誇らしげな笑みを浮かべ、彼女は意気揚々と挨拶を返した。

すると、そんなマイヤー伯爵夫人に笑いかけながら、カリス王子が言葉を続けた。

「扉の向こうから、マイヤー夫人の楽しそうな声が聞こえておりましたが、どのような話で盛り上がっていらしたんですか？」

「あっ、そ、それはですね……エミリア夫人に、カレン家での生活をお伺いしていたんです。

辺境だと何かと大変でしょうから、少しでも助けになりたかったのです。そしたら、つい熱くなってしまいまして……」

——よくもまあ、そんな嘘をいけしゃあしゃあと吐けるわね。

あれが助けなら、助けなんていらないわよ。

当たり前と言えば当たり前だが、平気な顔で嘘をつく夫人を見て、腸《はらわた》が煮えくり返りそうになる。

だが、このマイヤー伯爵夫人の優勢は、次のカリス殿下の言葉によって一瞬で崩壊した。

「マイヤー夫人は本当にお優しい方だ……。だから、ご友人にも夫をお貸ししてるんですね！すごいです……。私は狭量ですから、到底そんな真似できませんよ！」

——えっ……。

時が止まったのかと錯覚するほど、一瞬にして場が静寂に包まれた。だが、すぐに口を開いた人物がいた。

「貸すだなんてそんな！　レナードがそのようなことをする人だとでも!?　あっ……」

ずっと黙り込んでいたマーロン伯爵夫人が突然喋り出したかと思うと、秒で自滅していった。

あまりにも見事すぎて、ある意味感心してしまいそうになるほどだ。

そして案の定、憤怒《ふんぬ》の相を浮かべたマイヤー伯爵夫人がマーロン伯爵夫人に対し怒声を上げた。

「まさかそんなわけはないって思ってたけど……あなた！　やっぱりそうだったの!?」

「ちがっ……！　そんなんじゃ！」

「ふざけないで！　この女狐《めぎつね》が！」

そう言うと、マイヤー伯爵夫人はマーロン伯爵夫人に飛び掛かった。まるで獣のように叫びながらマーロン伯爵夫人を襲う彼女に、貴婦人としての品格は皆無だった。

しかも、マーロン伯爵夫人は開き直った様子で仕返しをし、二人は掴み合いの喧嘩《けんか》を始めた。

――散々人に高説を垂れていたのに、とんでもない醜態ね……。

ここが王宮だと忘れてしまったのかしら？

貴婦人としての品位をかなぐり捨てた彼女らに辟易《へきえき》していると、王宮侍女たちに部屋から出て行くよう促された。そして、そのままお茶会はお開きになってしまった。

そのため、こうして私とティナは予定よりも早く、馬車乗り場に向かって歩いていた。

「奥様！　御者に声をかけてきますので、こちらでお待ちくださいね」

「ありがとう。お願いね」

そう声をかけ、私は少し放心状態気味のまま、大人しくティナと馬車が来るのを待っていた。

すると、突然背後から男性に話しかけられた。

「やあ、エミリア」

驚きパッと振り返ると、そこにはカリス殿下が立っていた。

「カリス殿下！」

背後に立っていた人物が分かり、慌てて挨拶の礼をしようとした。すると、カリス殿下に止められてしまった。

「挨拶はもう十分。それより、久しぶりだね。ヴァンロージアでの生活はどう？」

「大変だし手探りですが、何とかやっていけていると思います。不安でしたが、使用人たちが助けてくれるので楽しく過ごしておりますよ！」

「……っ……それは良かった！」

そう答えると、カリス殿下は無邪気な微笑みを見せた。

実はデビュタントして、私が初めて家族以外でダンスを踊った相手はカリス殿下だった。そして踊った日以来、カリス殿下は私を見つけると、なぜかこうして気まぐれに話しかけてくれるのだ。

彼は人々からは、遊び人でいつもフラフラしていると言われている。だが、私と話をするときの彼は、アイザックお兄様がこんな人だったらな……と思うくらい、理想の兄のように接してくれる。

だからこそ人々は、第三王子は損はあっても何の利益もないから関わるなと言っているが、私は彼にも他の人も同じく普通に接していた。

——結婚の話が出た頃からずっと会っていなかったけれど、元気そうで何よりだわ。

そんなことを思っていると、カリス殿下は優しい表情である質問をしてきた。

「マティアス卿とは、まだ会えてないのか？」

「はい……。なので、顔も分からないままです」

「そうか……。実は僕は弟のイーサン卿と、社交界デビューが一緒だったんだ。だから、数回マティアス卿と話したことがあるんだよ。他人の僕がエミリアよりマティアス卿を知ってるなんて、なんとも不思議だねぇ」

「ふふっ……本当に不思議な関係性ですね」

周りの人間はマティアス様を知っている。それなのに、妻の私がマティアス様を知らないなんておかしなことだろうか。

そう思いながら、思わず苦笑いをしていると、突然カリス殿下は話題を変えた。

「そうだ。それにしても、今日は何やら素敵なドレスを着てるじゃないか。もしかして、例の噂のドレスかな？」

「ご存知だったのですね！　ありがとうございます。これは、ヴァンロージアのリラード縫製という縫製所で作ったドレスなんです」

――リラード縫製のドレスが褒められるなんて、とっても嬉しいわ！

思わず気持ちが舞い上がり、よく見えるようにと裾を掴み、視線をドレスからカリス殿下に戻した。

すると、王子の首元のペンダントヘッドにふと目がいった。

「あら……カリス殿下。もしや、その首飾りの石はウォーターオパールですか？」

ウォーターオパール。この石は、私が一番気に入っていたブローチに付いていたものだ。この石は外国産のため希少性が高く、私のアクセサリーの中で最も高価だった。

そのため私は、好きでもない女の結婚式で夫の代理役をしてくれた男性に、お礼と慰謝料の意味も込めて、そのブローチを渡した。

――もう見られないと思っていたわ……。

こうして見られるなんて、幸運ねっ！

なんて思っていると、カリス殿下はなぜかほんの少し躊躇いがちに言葉を返した。

「うん……そう。これは、ウォーターオパールだよ」

「やはりそうですよね！　久しぶりに見られて、とってもラッキーな気分になりました」

「それは良かった。……これは、大切な人からもらったんだ」

そう言うと、カリス殿下はとても愛しそうな目でオパールを見つめ、石を親指の腹で一撫でした。

——カリス殿下の大切な人……。

人に執着しない人だと思っていたから、何だか意外だわ。

カリス殿下のことを初めて知ったような気がする……。

「それは素敵ですね。きっと大事にしてくださって喜んでいることでしょう」

「——っ！　そうだと……いいな」

その答えを聞いたところで、背後から私を呼ぶ声が聞こえてきた。

「奥様！　どちらにいらっしゃいますか？」

「ティナ、ここよ！」

そう声をかけると、ティナはカリス殿下を見て驚いた顔をし、瞬時に深々と首を垂れた。

「カリス殿下。それでは、失礼いたします」

「ああ、また会おうね」

こうして、私はティナと共に馬車に乗り、その場を後にした。

そして移動が始まり、私は今日のお茶会について振り返った。

王妃様がいなくなった途端、まさかあそこまであからさまに私のことを責め立てるだなんて思わなかった。

それだけ、私に報復能力がないと思ったのだろう。

基本的にめちゃくちゃなことを言っていただけだったが、たまに私の心にクリティカルヒットする言葉もあった。

だから、正直落ち込みはしたものの、カリス殿下の暴露により、悪いがちょっとすっきりしてしまった。

ティナは、お茶会で夫人たちに散々なことを言われていた私を、心底心配していたようだった。

だが、私はカリス殿下のお陰で、何とか気を持ち直すことができた。

そのため、私はティナにこれ以上心配をかけないよう気丈に振る舞いながら、カレン家の別邸までの家路を辿った。

第七章　夫の帰還

しばらく馬車に揺られ、王宮から別邸に到着した。

そして、どっと押し寄せる疲れを振り払うようにし、馬車から降りてあたりを見回すと、ふとある異変に気付いた。

――お義父様は今日ずっと家にいると言っていたのに、馬車がないわ。

どうしたのかしら……？

そんなことを思っていると、私たちが乗っていた馬車の後ろに、タイミングよくお義父様の馬車が止まった。

降車したお義父様は私の姿を確認するなり、慌てた様子で話しかけてきた。

「ああ！　エミリア、ちょうど良かった！　大事な話があるんだが、今大丈夫か？」

「はい。大丈夫ですよ」

「では、書斎に移動しよう」

そう言うと、お義父様はズンズンと書斎に向かって歩き出した。そのため、私は速足で追いかけ、二人でお義父様の書斎に入った。

「疲れているだろうに、帰って来るなりすまない」

「いえ、お気になさらず。それより、突然大事な話とは、いったいどうされたのですか？」

「ああ。実はな、先ほどまで王に呼び出されていたんだ。そこで、バリテルアの王が崩御《ほうぎょ》したとの知らせを受けた」

「――っ！」

――だから王妃様は急いで出て行ったのね⁉

ということは……これでバリテルアからの侵略も終わり、自衛戦争も休戦状態になるかも。

その後、平和条約を結べば戦争が終わる……。

「崩御したということは、辺境の前戦にいる方たちは――」

「ああ、帰って来ることになる。一部の兵士は残るが、マティアスもイーサンも本邸に戻るはずだ」

いつかは帰って来ると分かっていた。だが、あまりにも予期せぬタイミングだったため、帰って来ると言われても突然すぎて現実味がない。

二人が急に帰って来たら、私のヴァンロージアでの生活はどうなってしまうのだろうか。環境がガラリと変わってしまうかもしれない。

そう思うと、真の主であるマティアス様たちには悪いが、彼らが帰って来ることが少し怖く感じる。

喜ぶべきなのに、素直に喜べない自分。

ヴァンロージアにとって元々は部外者だったくせに、いつからそんな風に思ってしまうようになったのか。

とにかく、そんな自分に嫌気が差してしまう。

だが、そんな私の心境を知るはずもなく、お義父様は私にとある指示を出した。

「エミリア」

「はい……」

「まだシーズンは終わっていないが、今すぐヴァンロージアに戻ってやってくれ。事業のことは心配するな。王都での仕事は私が引き受けるから、どうか安心してほしい。それだったら、問題ないよな？」

心臓が激しく脈打ち出した。

お義父様が事業を引き受けることが心配なわけではない。むしろ安心だ。

それに、ヴァンロージアに帰りたくないわけではない。

問題は、マティアス様とイーサン様が帰って来ることで、私のヴァンロージアでの在り方がどうなるか分からないということだ。

でも、マティアス様の妻である以上、私がヴァンロージアに帰るのは当然のこと。それに、ブラッドリー領に関しては、お兄様は無自覚だが、おんぶにだっこ状態だ。

よって、お義父様からのこの指示を私が受けるしかないことは、誰の目にも明白だった。

だからこそ、私の答えは一つしか残されていなかった。

「……承知しました。では、明日ヴァンロージアに戻ります」

「ああ、恩に着る。エミリア……ありがとう」

そう言うと、お義父様は安心したように微笑んだ。

何かが変わってしまうかもしれないと、漠然とした不安感に苛まれる。

そんな自身の不安感を悟られないように、笑いかけてくれるお義父様に私も微笑みを返した。

そうでもしないと、大丈夫だと自分に言い聞かせる術がなかったからだ。

かくして、社交期が終わらぬうちに、私は急遽ヴァンロージアに戻ることが決定した。

そしてその後、お義父様はヴァンロージアに帰るにあたり、今後の説明を始めた。

「――ということだ。エミリア、帰るにあたって他に何か気になることはないか？」

「気になることではないですが……一つお願いがあります」

「ん？　珍しいな。何でも言ってみなさい」

「ジェリーに手紙を書いてほしいんです」

そう言うと、お義父様は机の引き出しを開け、一つの封筒を差し出してきた。

「エミリアがいつ帰ることになるか分からないから、実は事前に用意していたんだ。変な手紙だから、ジェラルド以外には誰にも見せないようにしてほしい」

――変な手紙って、どういうことかしら……？

そんな疑問符を頭に浮かべた私に、お義父様はなぜか少し顔を赤らめ言葉を続けた。

「……エミリア限定という条件を守るなら、ジェラルドと一緒に見てもいい。だが、内容は絶対に、絶対に他言しないでくれ」

「は、はい……。承知しました」

「くれぐれも息子たちと、ヴァンロージアの領民をよろしく頼む」

◇◇◇

そんな話をした翌日、私たちは早速ヴァンロージアに向けて出発した。

今回もお義父様は馬車に魔法をかけてくれていた。しかも、私たちが前回問題なかったからと、より強力な魔法をかけてくれていたため、ヴァンロージアの本邸には三日で着くことができた。

以前と異なり多少酔ったが、八日から十日かかる距離を三日で進めたため良しとする。

今回の帰りは突然すぎたため、門兵は私たちを見て驚きながらも笑顔で出迎えてくれた。そしてその後、すぐに邸宅内の使用人たちに私たちの帰りを知らせてくれた。

そのお陰で、私たちが玄関に入る頃には、使用人全員が出迎えのために集まってくれていた。

私の目の前には、ニコニコと笑うジェリーもいた。すると、ジェロームの合図を皮切りに、使用人たちが一斉に口を開いた。

「「「「奥様、おかえりなさいませ」」」」

「リア！　会いたかったよっ……！　おかえり！」

使用人に続けてそう言うと、ジェリーは私に駆け寄り、飛び付くようにして抱き着いてきた。

――いつの間にか、私にもおかえりと言ってくれる人がこんなにもできていたのね……。

私に対し、おかえりと出迎えてくれる人々を見て、急に感傷的な気持ちになり、思わず涙腺が緩みそうになる。だが、帰って来るなり泣いたら、きっと皆を困らせてしまう。

そのため、私はそのことを悟られないよう、ジェリーを抱き締め返し、皆に笑顔を見せるよう意識して口を開いた。

「皆さん、お出迎えありがとうございます。ただいま！」

ありったけの喜びと感謝を込めた。すると、その言葉一つで互いに自然と笑みが零《こぼ》れ、まるで陽だまりのように優しく暖かい空間が私たちを包んだ。

こうして、屋敷の皆への挨拶を済ませた後、私は近くにいたジェロームに話しかけた。マティアス様とイーサン様が帰って来るという話をするためだ。そして、その話の際、いつ帰って来ても大丈夫なようにと、諸々の準備をお願いした。

その後、ジェリーが帰って来たお祝いにとピアノを演奏してくれた。王都に行く前よりぐっと上達し、何より楽しそうに演奏するジェリーを見て、不安でいっぱいだった私の心はかなり癒された。

そして演奏終了後、私はジェリーに手紙を渡すことにした。

「ジェリー、お義父様がジェリーに手紙をくれたの」

そう言って手紙をジェリーの前に差し出すと、彼は目を真ん丸にして、ゆっくりとその手紙を両手で掴んだ。

「お父様が本当に僕にくれたの……？」

「ええ、そうよ。ジェリーのための手紙よ。だから、他の人には中身は見せないでと言っていたわ」

「リアもダメなの？」

「私はいいって言われたけれど、ジェリーが見せたくないなら私は見ないわ」

「……緊張するから……一緒に見てほしい」

私に出会うまで、自分は父親に嫌われていると思っていた子。そんな子が、相手からの手紙を見るのに緊張するのも無理はない。

そのため、私はジェリーの緊張緩和役として、その手紙を一緒に見ることにした。

封を開けると、便箋は三枚入っていた。そして、畳まれた便箋をそっと開いた瞬間、私もジェリーも思わず絶句した。

——何なの……この手紙……。

お父様がお義父様のことを、以前に不器用な人間だと言っていたけれど、こういうこと？

ジェリー宛のお義父様からの手紙。その手紙の大半は、大好き、愛している、ハートマーク、この三つの文字や記号でびっしりと埋められていた。

愛息子に宛てた手紙というより、もはや何らかの呪いのようだ。

ジェリーはというと、目を見開いたまま、手元の手紙を見て固まってしまっている。

「ねえ、リア……」

「な、なあに？　どうしたの？」

「もしかして……お父様って、これしか文字を知らないのかな？」

どこか悲し気な目で見つめてくるジェリーに、私は思わず突っ込みを入れた。

「ジェリー、お義父様はたくさん文字を知っているわよ」

「でも、ほとんど同じことしか書いてないよ？　三枚もあるのに……」

「お義父様は、ジェリーのことがとっても大好きだし愛しているって伝えたいのよ。それで、その思いの強さがこの量になったんだと思うわ」

お義父様が他の人に見せないでほしいと言った理由がよく分かった。確かに他人に見られたら、恥ずかしいなんてものではないだろう。

貴族たちから豪傑と言われているお義父様が書いたとは思えないような手紙だ。

――だけど、嫌われていると勘違いされるよりずっと良いわ。

それ以外の意味に取りようがない言葉だもの……。

だから、下手に文を書かずに、こんな書き方をしたのかしら？

そんなことを思いながらジェリーを見ると、真ん丸の目からスーッと一粒の涙が零れた。

「じゃあ本当に僕、お父様に嫌われてないの？」

「もちろん！　お義父様はジェリーのことが誰よりも大切で大好きなのよ」

その言葉で、自身の心の中にあったしこりやわだかまりが解けたのだろう。ジェリーは大粒の涙を流しながら、手紙を読み始めた。

それから数分後、泣き疲れたのか、ジェリーはそのまま眠ってしまった。

——ずっと確信が持てないままだったのね。

誤解が解けて良かったわ……。

こうして私は、風邪をひかないように、ジェリーにそっとブランケットをかけた。

そして、ジェリーの頭を一撫でし、静かに部屋を出て、次の行動に移った。

◇◇◇

「奥様、おかえりなさい！」

「エミリア様が帰って来たわよ！」

「ビアンカ先生！　早く来て！」

そんな声が聞こえるここは、学堂だ。久しぶりに領地に帰って来たため、私はいろいろなところを回ることにしたのだ。

そして、まずは出向しているビアンカに、学堂の様子を聞くことにした。

「ビアンカ、皆さんの様子はどうですか？」

「実は、魔法使いの方がボランティアで勉強を教えてくれるようになったんです。皆さん最初は怖がっていたんですが、砂糖の件もあり関わりが増えて、今では人気の先生ですよ」

「それは良かった！　それにしても、ビアンカもとても人気の先生になっていますね。嬉しいです！」

そう声をかけると、ビアンカは一呼吸おいて話し始めた。

「……私、今の仕事がとても気に入っているんです。奥様が私を見出してくださって、本当に感謝しかありません」

「感謝するのは私の方です。突然やって来た私に付いてきてくれて、本当にありがとうございます」

使用人の半数が否定的な中、真っ先に書類を出してくれた彼女。そんな彼女に少しでも報えたような気がして、温かい気持ちに包まれた。

その後、私は学堂からオズワルドさんたちのところへ移動するため馬車に乗り込み、畑を眺めていた。

馬車の中からだが、畑を見ると、作物が順調に成長しているのが分かる。

それに、牛で畑を耕している人も目に入り、牛を取り入れるという選択が正解で良かったとホッとした。

すると、そんなことを考えているうちに、いつの間にか目的地に辿り着いた。

そして偶然にも、外に出て来ているオズワルドさんが目に入った。

「オズワルドさん！」

「お、奥様っ!?　帰っていらしたんですか!?」

「はい、そうなんです。実は、王都で販路拡大に成功したので、それをお伝えしたくて来ました」

そして、私は現在確保できた販路の説明と、お義父様の一時的な引き継ぎに関する説明を済ませた。

するとオズワルドさんは、作業員である魔法使いの人々を全員連れて来て、改めてお礼を言ってくれた。

そんな中、そのうちの一人の魔法使いが唐突に口を開いた。

「実は、奥様が王都に行かれている間に、領民の方とかなり打ち解けられたんです。その話を他領の魔法使いに話したら、ヴァンロージアに住みたいと言われました。……そいつらを呼んでここで働かせてもいいですか？　こんなに魔法使いに優しい領は、ここ以外ないんですっ……」

――魔法使いに優しい領……。

本人がそう言うくらい、退役戦闘魔法使いの人たちの暮らしは改善したのね。

本当に良かったわ……。

「私の許可はいりません。本人にやる気があれば、ヴァンロージアはいつでも歓迎しますよ。働くかの判断は、責任者のオズワルドさんに任せます」

その言葉に安心したのだろう。皆がホッとしたように嬉しそうに笑い、活気に溢れた様子で仕事に戻って行った。そんな彼らの様子を見て、私も安心しながら最後の目的地へと向かった。

「街の人から聞いておりました！　おかえりなさいませ、奥様！」

そう言うと、ウォルトさんは満面の笑みで私を出迎えてくれた。そう、私の最後の目的地はリラード縫製だった。そして、私は王都での話をウォルトさんにすることにした。

「手紙でも送りましたが、王都に店を出すという話が出ています。が、最終決定は働いている当事者にしてほしいので、判断はウォルトさんに任せます。すぐには決められないかもしれませんが――」

「やらせてください！　ぜひ、挑戦したいです！」

「ふふっ、分かりました。では、その方向で話を進めて行きましょう」

物事が良い方に進展している実感があって、とても充実した気持ちになる。

そんな私はウォルトさんに、出店以外の嬉しい情報を教えてあげることにした。

「実は、第三王子のカリス殿下も、リラード縫製のドレスを素敵だと褒めてくださったんですよ！」

「えっ……！　王子がですか⁉　そんな光栄なことが……。では、ますます頑張らないといけませんね！」

「はい！　では、引き続きよろしくお願いします」

「お任せください！」

こうして、回れる範囲の領地を回り、私は邸宅に戻った。

――マティアス様とイーサン様がいつ帰って来てもいいよう、帰還に向けて準備を進めないと！

そう気持ちを引き締め、私はすぐ、二人の帰還に向けた仕事にとりかかった。

そして気付けば、私とティナたちがヴァンロージアに戻ってから三日が経過していた。

そんなある日のこと、一緒にランチを食べているジェリーが少しモジモジした様子で、あるお誘いをしてきた。

「ねえ、リア」

「どうしたの？」

「今日リアと一緒にお花を植えたいんだ。……来てくれる？」

私の選択は、もちろん行くの一択だ。こんな可愛いお誘い、聞かないなんてありえない。

しかし、植える花があるのだろうか？　そんな疑問を抱き、私はジェリーに訊ねてみた。

「もちろんいいわよ。だけど、植えるお花はあるのかしら？」

「うんっ！　あるよ！　マティアスお兄様とイーサンお兄様を喜ばせたいから、帰って来るまでに用意してほしいってクロードに頼んでおいたんだ！」

そう言うと、ジェリーはにっこりと微笑み、「やったー」と喜びながら、先ほどよりもずっと美味《おい》しそうにご飯を食べ始めた。

◇◇◇

「今日はこの花壇に寄せ植えをしますので、こちらにある苗をお好きなようにお植えください」

庭園の一角に行くと、クロードが既に花植えの準備をしてくれていた。あまりにも溶け込んでいて気付かなかったが、今日植える花壇はクロードが作ったお手製のミニ花壇らしい。

話を聞くと、寄せ植えしても大丈夫な組み合わせのものを、事前にジェリーと図鑑で選んで発注していたという。なんて用意周到な人物なのだろうかと、思わず感心してしまう。

——ジェリーがこんなにも懐《なつ》く使用人ができるなんて、本当に嬉しいわ。

人を信じられるようになって、本当に良かった……。

そんな感慨に耽《ふけ》りながら、クロードに手順を教えてもらい、私とジェリーは花の苗を植える作業を進めていた。すると、隣にいたジェリーが楽しそうな声で話しかけてきた。

「リア！　見て見て！」

「ん？　何か面白いものでも見つけたの？」

そう声をかけながらジェリーの方に顔を向けると、陽だまりのような笑顔で笑いかけてくるジェリーと目が合った。

そんな彼を見てほっこりしかけたその瞬間、彼は笑顔のままズイッと私の眼前に手を差し出してきた。

その瞬間、その手の上に乗っているミミズと目が合ってしまった。いや、目はないのだけれど。

「――っ！　キャッ！！！」

「クネクネ動くんだよ？　面白いでしょ⁉」

「そ、そっ、そうね。でも、ジェリー、わた、わたし……」

ミミズは大の苦手なの！　そう叫びたいが、ミミズを気に入っているジェリーには言いづらい。

花を植えるときにミミズが出てくることは覚悟していた。だが、こうして眼前に突き付けられるのは話が違う。

それに逃げようにも、立ち上がった瞬間にミミズが飛んできたりくっついたりしたらと考えてしまい、そんなわけないとは思うが、逃げようにも逃げられなくて困り果てていた。

すると、そんな私に救いの手を差し伸べてきた人物がいた。

「ジェラルド様、奥様はミミズが苦手なようです。ミミズも土にいたいでしょうから、戻してあげてください」

「えっ、そうなの……⁉」

驚きの声を上げると、ジェリーは花壇にミミズを戻した。そして、すぐに私に向き直り、目に涙を溜めて声をかけてきた。

「嫌がらせしたかったわけじゃないんだ。リアっ……ごめんね……」

「喜ばせようとしてくれたんでしょう？　ジェリーは嫌がらせをする子じゃないって知ってるわ。私も苦手って言い出せなくてごめんね」

そう言葉をかけるも、ジェリーはシュンと落ち込んでしまった。そのためこの雰囲気を変えようと、私はジェリーに言葉を続けた。

「そうだ！　ジェリー知ってる？　ミミズがいるってことは、この土はとっても栄養があるってことなのよ？」

「そうなの？」

「ええ！　クロードがきちんとお世話をしてくれているからいるのよ。良い発見ができたわね！」

そう言いながら、私はクロードに視線を向けた。すると、クロードは耳を赤らめ、気まずげに視線を逸《そ》らした。だが、そんなクロードにジェリーは興奮した様子で声をかけた。

「クロードすごい！　何でもできるんだね！」

そう言うと、はしゃいだ様子でクロードにすごいすごいと何度も声をかけた。クロードは恥ずかしそうに眉間に皺を寄せ、助けを求めるような目でこちらを見つめてくる。

そのためクロードを助けるべくジェリーに声をかけ、寄せ植えの作業を再開した。そして、私たちは無事、綺麗な花壇を完成させることに成功した。

「花植えすっごく楽しかったね！」

「楽しかったわね！　完成した花壇もすごく綺麗だったわ。ジェリーは芸術肌ね！」

手を洗った私たちはそんな会話をしながら、手を繋《つな》ぎ屋敷の中に戻ろうとしていた。すると、どこからともなく現れたジェロームが、非常に慌てた様子で声をかけてきた。

「お、お、お、お、奥様！」

「そんなに慌てて、どうしたんですか？　ジェローム？」

「たった今早馬が来まして、もうすぐマティアス様とイーサン様がご到着なさるようです！」

身体が軽くなり心が沈むような、そんな不思議な感覚が一気に襲ってきた。

血の気が引くような不安を感じながらも、わずかながら感じるワクワク感。

そんな複雑な感情の波にのまれながらも、ジェリーの声が耳に届き、私はハッと我に返った。

「お兄様が帰って来るの⁉」

「左様ですよ」

「つ、土仕事をしていたから、汚れてもいい服なんです。私、今すぐちゃんとした服に着替えてきま――」

そう言いかけたところで、浮かれた様子のジェリーがつぶらな瞳を私に目を向け、声をかけてきた。

「リアは可愛いからそのままでいいよ！」

「そういう問題じゃ……」

「奥様。どちらにしろ、着替えていたら間に合わないと思います。今すぐ玄関に行きましょう！」

この際、格好は仕方ない……。そう踏ん切りをつけ、私はジェリーとジェロームと共に玄関へと急いで移動した。

すると、既に多くの使用人たちが集まっており、その光景を見て、一気に物事が現実味を帯びた。またそれと共に、私の中の緊張感が急激に高まった。

――マティアス様はどんな人かしら？

お義父様みたいにクマのような感じだと想像しているけれど、ジェリーと同じ血が流れているということは、可愛らしい顔なのかしら？

だけど、顔よりなにより問題は、性格と相性よ。

どうか、どうか、どうか、良い人でありますようにっ……。

少しでも気を緩めれば、気絶しそうなほどに不安と緊張感でいっぱいだった。そんな中、ついに私の目の前にある玄関の扉が開かれた。

「おかえりなさいませ」

皆がそう声を発し頭を下げたため、私も皆と同じタイミングで反射的に頭を下げた。すると、そんな私の耳に、嬉しそうなジェリーの声が聞こえてきた。

「マティアスお兄様！　おかえりっ！」

その声が聞こえた直後、タタタタッとジェリーが走る足音が聞こえた。かと思うと、落ち着きのある凛《りん》とした優しい声が耳に届いた。

「身体が弱いのに、そんなにはしゃぐな。落ち着け」

その声につられ、私はゆっくりと顔を上げた。

すると、そこには「ジェラルド、ただいま」と言いながら、抱き上げたジェリーに優しく微笑みかけている男性が目に入った。

ジェリーより少し濃いミルクティーベージュの髪色に、同じ翡翠色の目を持ったその男性。

その彼は背が高くスラッとして、眉目秀麗《びもくしゅうれい》という言葉がピッタリの顔立ちをしていた。

――この人が……マティアス様……？

いざ目の前にしたら、どうしていいか分からず心の中で焦ってしまう。鼓動が全員に聞こえているのではないかと錯覚するほど、心臓がバクバクと鳴るのを感じる。

だが、どんなに緊張していても、自己紹介はしないといけないだろう。

ということで、私はジェリーがマティアスお兄様と言うその人物に歩み寄り、全身全霊の勇気を振り絞って声をかけた。

「……おかえりなさいませ、マティアス様。あなたの妻として、ブラッドリー家から嫁いで参りました、エミリアでございます。無事ごきか――」

お辞儀をするように頭を下げながら挨拶をしていた。

だが挨拶の途中であるにもかかわらず、私の姿など見えていないというように、マティアス様はそのままジェリーを抱っこして歩き始めてしまった。

「えっ、リア……!? マティアスお兄様！ リアが話してるよ！ ねえってば！」

そう言っているジェリーの声だけが、誰もいない空間に頭を下げている私の耳の奥に響き続けた。

第八章　勝手な期待と先入観

――私が見えていなかったわけじゃないわよね……？

わざと……無視したってこと？

あまりにも明らかな拒絶の反応に、頭が一瞬真っ白になった。

だが、時間が経つにつれ、一人取り残され惨めな状態になっていることを自覚し、私は急いで頭を上げた。

「奥様っ……。どうかお気になさらず」

「だ、大丈夫です！　きっと疲れてたんですよ！」

「もしかしたら、奥様が美しすぎてびっくりしたのかも――」

玄関に集まっていた使用人が、口々に慰めの言葉をかけてくれる。だが、その言葉を噛み締めるたび、心の中に惨めさが募っていくような感覚になった。

だが、ここで私が本当の感情を表に出したら、使用人もこれ以上どうしたらいいか分からなくなるだろう。

そう考えた私は、心配をかけないようにキュッと口角を上げ、ティナをはじめとする使用人たちに声をかけた。

「いきなりで戸惑うのも無理はないですし、きっと兄弟水入らずになりたかったんでしょう。私は大丈夫ですから、気にしないでください。ね？」

そう言うと、私のすぐ隣にいたティナが不服そうに声を漏らした。

「でも――」

「ティナ。本当に大丈夫だから。きっとディナーのときにでもお話はできるはずよ。今はそっとしておきましょう」

「……はい」

そんな話をしていると、ジェロームが近付き、そっと耳打ちしてきた。

「……奥様、続いてイーサン様が入って来られます。お出迎えしましょう」

そう言われ、私たちは最初の定位置に戻った。するとすぐに、イーサン様が目の前の扉から入ってきた。

そして礼をした頭を上げると、先ほどのマティアス様とは異なり、イーサン様とは、ばっちりと目が合った。

「もしや、あなたがエミリア様ですか……？」

そう声をかけてきたかと思うと、イーサン様は私の方へと歩み寄ってきた。

そのため私はイーサン様に、マティアス様にはできなかった挨拶をした。

「おかえりなさいませ、イーサン様。ブラッドリー家から参りました。マティアス様の妻となったエミリアと申します。無事ご帰還くださり幸いでございます」

「お出迎えありがとうございます。兄上がいないってことは……失礼なことをしたんですね。すみません。俺が代わりに謝ります」

そう言うと、イーサン様は私に向かい頭を下げて謝ってきた。そして、顔を上げると再び話を続けた。

「ご存じかと思いますが、俺はマティアスの弟のイーサンです。今まで本当にありがとうございます。これからどうぞよろしくお願いします」

「こちらこそ、よろしくお願いいたします」

あまりにもアベコベな兄弟の対応に、つい戸惑いながらも言葉を返した。すると、イーサン様はそんな私を見てクスッと笑い、ある質問をしてきた。

「そうだ……ジェラルドはどうですか？　元気にしていますか？」

「はい、元気に過ごしております。先ほどまで、私と一緒に花植えをしておりました」

素直に答えると、イーサン様は驚いたように「えっ……」と声を漏らし、目を見開いた。

「なぜか、俺と兄上の二人にしか心を開かなかったんです。そんなジェラルドが誰かにそんなに心を開くなんて……。あなたのような人が兄上の妻で良かった。ジェラルドを含め改めて、どうぞよろしくお願いします」

「イーサン様の方が私より年上です。どうか気軽に、普通に接してください」

――でないと、気まずすぎるわ。

そう思いイーサン様に告げると、イーサン様は安心したように目を細め、口を開いた。

「分かったよ。じゃあ、エミリアさん。新しい家族として、カレン家にようこそ」

そう言うと、イーサン様は手を差し出してきた。

――これは……握手ってことで合ってるのよね？

そんな気持ちで恐る恐る手を差し出すと、私を歓迎するようにイーサン様はその手を握り返してくれた。

◇◇◇

マティアス様とイーサン様の出迎えが終わり、私は一度自室に戻っていた。そして、今日初めて会った二人について考えていた。

まず、イーサン様。彼は本当に物腰柔らかだった。お義父様の説明通りの印象だったし、彼とは上手くコミュニケーションを取れそうだと安心できた。

それに、イーサン様はいかにも王都の女性に好かれそうな、少しキリッとした甘いマスクの人だった。それは、マティアス様も同じだ。

だが肝心の夫であるマティアス様の方は、同じ系統の顔でも、イーサン様とは正反対のような性格だと感じた。

今のところ、上手くやっていけるビジョンが、まったくと言っていいほど見えない。

お義父様の義理人情に厚いという言葉は、私には今のところ幻だとしか思えない。

――どうしましょう……。

私、マティアス様とちゃんとやっていけるのかしら？

でも、やるしかないのよね。

リセットなんて、できないもの……。

私だって望んだ結婚ではなかった。だが、もう結婚はしてしまった。

だからこそ、マティアス様の対応に嘆いてばかりじゃなくて、今からどうするかを考えないといけない。

そう気持ちを切り替え、私はこれから始まるディナーに行くため、気合を入れて部屋を後にした。

◇◇◇

ディナーの部屋に着くと、既にマティアス様とイーサン様が先に来ていた。

「お待たせいたしました」

「別にあなたのことは待ってない」

いきなり、マティアス様が強烈なカウンターを打ってきた。そのため気分が落ち込みそうになるが、何とか控えめの笑顔をキープすることで、平静を装うことにした。

すると、席に座っていたイーサン様がマティアス様を窘めながら立ち上がり、私の方へと近付いた。かと思うと、私の座る席の椅子を引いた。

——何で私の椅子を……？

突然の行動に驚きイーサン様を見ると、イーサン様は「俺は待ってたよ。さあ、座って」と言いながら、私を席に座らせてくれた。

「あっ、ありがとうございます」

「いえいえ、俺の唯一のお義姉様だからね」

そう言うと、嬉しそうにイーサン様がマティアス様を見て笑った。

——マティアス様はどんな反応をしているのかしら？

ちょっと怖いけど、気になるわ……。

イーサン様の今の言葉を、マティアス様がどう受け止めているのか気になる。そのため、チラッとマティアス様の顔を見ると、イーサン様をとてつもなく鋭い眼光で睨みつけていた。

——何であんな怖い顔を向けられて、イーサン様は笑っていられるの⁉

この兄弟の関係性が分からなくて、私の心の中の恐怖はただ増幅されるばかりだ。

すると、そんな私をよそに、ずっと笑っていたイーサン様がおもむろに話題を切り替えた。

「それにしても、ジェラルドまだ来ないね？」

確かに私も同じことを考えていた。ジェリーは私よりも先にディナーに来ることが多いのに、まだ来ていないからだ。

——ここにいても気まずいだけだし、ちょうどいいわ。

ジェリーの様子を見てきましょう。

そう考え、私は思い切って二人に申し出ることにした。

「私、様子を見てきま——」

「あなたは行かなくていい」

私の言葉を遮るように、マティアス様が口を開いた。そして、彼はそのまま言葉を続けた。

「どうやってか知らないが、あなたは幼いジェラルドを籠絡《ろうらく》しているようだな」

「籠絡だなんて――」

「俺はあなたを妻だなんて認めた覚えはないっ……。出しゃばらないでくれ。……俺が見てくる！」

言い捨てるようにそう言うと、マティアス様は部屋から出て行った。

思い切りドアを開けたから、バタンと思い切りドアを閉めるかと思った。

しかし、ドアを開けると少し動きを止め、しばらくして静かに部屋から出て行き、マティアス様はジェリーの部屋へと向かった。

――マティアス様にとって、私は妻じゃない。

存在を認められていないみたいだわ……。

これって、覆せるのかしら？

あまりのマティアス様の言い草に、途方もない絶望を感じ、放心しかけてしまう。すると、イーサン様が心配そうな顔をして、私に話しかけてきた。

「ごめんっ、エミリアさん。いくら何でも言いすぎだ。代わりに謝るよ。怖かったよね」

「いえ、怖いと言うか……。私の想像力が乏しかったのだと感じていたんです……。イーサン様が謝る必要はありませんよ」

まさかマティアス様が、そこまで私のことを妻として認めていないとは思っていなかった。

その想像力さえあれば、こんなにも傷付かずに済んだのかもしれない。

ジェリーやジェロームたちの話を聞いて、マティアス様に勝手に期待してしまっていた自分がいる。

だが、そんな期待は今すぐ捨てなければならない。そう気付かされた。

すると、しばらくして使用人が私たちに話しかけてきた。

「奥様、イーサン様。マティアス様からの言伝《ことづて》をお伝えに参りました」

言伝と聞き、私はこの場にマティアス様が戻ってくることはないのだろうと思いながら、使用人の話に耳を傾けた。

「まず、ジェラルド様は熱が出たので、ディナーには来られないそうです。また、マティアス様はジェラルド様がいないため、自室で食べるとのことです」

その言葉を聞き、私とイーサン様は思わず顔を見合わせた。

気まずい空気が流れる。だが、用意してもらったディナーを食べないわけにはいかない。そう考えていると、イーサン様が罪悪感に満ちた表情になり、「ごめんね。それじゃあ……二人で食べよっか……」と声をかけてきた。

そのため、私とイーサン様は食事をすることにしたが、気まずさが沈黙を生み、私たちはいつもより豪華なディナーを無言で食べ進めた。

そして、二人とも食べ終わったそのとき、イーサン様がおもむろに話しかけてきた。

「実はね、兄上は結婚した後で、結婚したってことを知らされたんだ。だから、反対もできないし、自分の意思や人権がまるで無視された感覚になって、むしゃくしゃしてるんだと思う。本当にごめんね……」

私はこのイーサン様の言葉を聞いて、頭を殴られたかのような衝撃を受けた。

確かに結婚式までの期間の短さゆえ、マティアス様の意見が反映されているかは未知だと思っていた。

それに、彼にとって私が望まぬ相手かもしれないとも考えていた。

だが、元々はカレン家からの打診により決まった結婚。そのため、多少なりともお義父様とマティアス様の間で話はついていると、心のどこかで思ってしまっていた。

貴族にとっては、結婚一つで自身の人生が大きく変わる。そんな結婚を自分の意思なく勝手に決められ、帰って来たら知らない女が家にいて、妻ですと挨拶されたら……。

——酷いと思っても、今くらいの態度なら、マティアス様の言動を責め立てられないわ。

せめて結婚相手としてはマシだと思ってもらえるよう、今まで以上に何とかしないとっ……。

私とマティアス様の心の距離や、認識の乖離を把握してみると、自身が思った以上に事態を楽観視していたことに気付いた。

そんな私は、イーサン様に言葉を返した。

「そうだったんですね……。それなら、私に対するマティアス様の言動も……理解できます。あの方の立場に立って考えたら無理もないです……」

「いや、あれは一方的すぎだ。とにかく、俺も兄上と話してみるよ」

その言葉を最後に、ネガティブな空気がズーンと漂ってしまった。するとそんな空気を打ち払うように、イーサン様が話題を変えた。

「そうだ！　気になったから使用人たちに聞いたんだけど、エミリアさんが制服を変えることを提案したんだって？」

「は、はい……」

「良い案だったね。使用人たちがとても喜んでたよ」

「ありがとうございますっ……」

何を言われるのかとドキッとしたが、予想外に褒めてくれた。

なんだか、私という存在に不自然なほど順応している分、マティアス様よりもイーサン様の方が異常な気がしてきた。

だがそんな私の心情を知らないイーサン様は、ありがとうという言葉を聞き、うんうんと頷きながら優しく微笑みかけてくれた。

その彼の笑顔を見ると、不幸中の幸いのような気持ちになり、少し安心した。

すると、イーサン様が思い出したかのように訊ねてきた。

「あっ……そろそろ部屋に戻るよね？」

「はい、そのつもりです」

「もし良ければ、一緒にジェラルドのところに行かない？」

部屋に戻る前に、ジェリーの様子を見に行くつもりだった。

私はこの誘いに乗り、イーサン様と共にジェリーの部屋を訪ねることにした。

——眠っているかもしれないから、呼びかけない方がいいわよね。

そう考え、私はイーサン様と目を合わせて、彼から頷きを得た後、そっとジェリーの部屋のドアを開けた。するとそこには、熱で辛そうにしながらベッドに横たわるジェリーがいた。しかも、ジェリーは起きていたようで、ベッドから私たちに視線を向けている。

「ジェリー、イーサン様も一緒に来たわよ」

「あ、リア……お兄様……」

「楽にしてあげるからね」

そう声をかけ、私はジェリーの頭のタオルを濡らし、絞って載せ直した。すると、ジェリーは安らいだように、気持ちよさそうな表情をした。

そんな様子に安心したのだろう。私の隣にいたイーサン様が、ジェリーに話しかけた。

「ジェラルド、今日花を植えてくれたんだってね。綺麗だったよ、ありがとう。兄上もすごく喜んでたよ。楽しかったか？」

――マティアス様も、そういうのを喜ぶのね。

意外だわ……。

そんなことを思っていると、ジェリーがイーサン様に言葉を返した。

「うん、初めてだったけど楽しかったよ。……リア……ごめんね」

イーサン様と話していると思っていたのに、急に謝られて混乱してしまう。なんせ、私にはジェリーに謝られるようなことをされた記憶がないのだから。

私は焦りながらジェリーに問いかけた。

「もしかしてミミズのこと？　あれは気にしなくて大丈夫よ」

「そっちじゃないよ……」

「じゃあ、本当に謝られる覚えがないわ。どうして謝るの？」

そっちじゃないとはどっちだ。そんなことを思いながら訊ねると、ジェリーは泣き出しそうに悲し気な表情で言葉を紡いだ。

「……マティアスお兄様がリアに酷いことしちゃった」

「それはジェリーが謝ることじゃないわ」

まさか、ジェリーがマティアス様の言動で罪悪感を抱いているなんて考えてもみなかった。身内の罪は自身の罪だと重ねて考えてしまったのだろうか。

ただでさえ、ジェリーは繊細な子。何とか今のうちにそんな罪悪感を抱かないようにしておかないと、今後マティアス様の行動を見るたびに罪悪感を持つことになってしまうだろう。

――だって、マティアス様が急にイーサン様のように接してくれる姿なんて、想像がつかないもの……。

そう結論付けた私は、子ども騙《だま》しだとは思うが、ジェリーに嘘をつくことにした。嘘も方便だと許してほしい。

「ジェリー、知らない人が家にいたらどう思う？」

「怖いし、びっくりする……」

「でしょう？　ジェリーは私のことを知っているけど、マティアス様は私のことを知らなかったみたい。だから、そんな私が家にいて、怖くて驚いちゃったのよ」

そう言った後、私は話を合わせてくれと祈りながら、隣にいるイーサン様を見つめた。

すると、イーサン様は呆気《あっけ》にとられたような顔をしていたかと思うと、急に吹き出すように笑いだしてジェリーに語りかけた。

「そうそう、お兄様は怖がりなんだ。あと、とっても照れ屋なんだよ。だから、本当は酷い人じゃないぞ？」

「ほんと？　ずっとリアのこと悪く言ってたのに？」

――マティアス様ったら、ジェリーにそんなことを言ったの？

だからストレスで熱が出たんじゃ……。

そう考えていると、イーサン様が少し真剣な顔をしてジェリーに質問した。

「どんな悪いことを言ってたんだ？」

「僕がリアに騙されてるって……。あと、勝手に嫁いできたのに良い奴なわけがあるかって言ってた」

そう言うと、ジェリーは目に涙を溜めながら、布団の端をギュッと握りしめて言葉を続けた。

「リアは悪い人じゃないのに……。僕が寝込んだら看病してくれるし、一緒に出掛けたり遊んでくれたりする。雷が怖かったら一緒に寝てくれるし、どんなに忙しくても、この家で一番僕の話を聞いてくれる。勉強も、それに僕の好きなピアノだってリアが教えてくれてるんだよ？

なのに――」

「あなたがそう思ってくれるだけで十分よ」

ジェリーの言葉を聞き、思わず私は涙腺が緩みそうになった。止めないと、本当に危ないところだった。

そんな私は気合で溢れそうになった涙を止め、ジェリーを休ませるために言葉を続けた。

「ジェリー。元気になったら、一緒にピアノを弾きましょうね。でも、そろそろ休んだ方がよさそうだわ。今日はもうおやすみよ」

そう言うと、ジェリーは潤んだ瞳で私を見つめ、躊躇いがちに消え入りそうな声で声をかけてきた。

「寝るまで……一緒にいてほしい……」

五歳の頃はよく言っていたが、最近はあまり言わなくなっていた。そんな言葉がジェリーの口から出てきたため、驚いた私は思わず一緒にいるイーサン様に目を向けた。

すると、イーサン様は少し驚いた顔をしながらも、優しく微笑み頷きを返してくれたため、私はジェリーに言葉を返した。

「ええ、いいわよ。眠るまで私もイーサン様も一緒よ」

そう声をかけると、安心したようにジェリーは目を瞑《つむ》り、すぐに眠りの世界に入った。

こうして完全にジェリーが寝たことを確認し、私とイーサン様は音を出さないよう細心の注意を払って、そっと部屋から出た。

◇◇◇

「あんなジェラルド初めて見たよ」

ジェリーの部屋から少し離れた廊下で、唐突にイーサン様が話しかけてきた。

そして曲がり角まで来ると、イーサン様は足を止め、私に向き直って言葉を続けた。

「兄上のことは無視して、どうかジェリーと一緒にいてあげてほしい」

「できればそうしたいです。ですが、それで仮にジェリーが怒られることになったら……」

「大丈夫。ジェリーが真に望んでいると分かれば、兄上も怒らないよ。俺やジェロームからも説明しとく」

――本当に分かってくれるのかしら？

でも、イーサン様とジェロームが説明してくれるなら、少し安心かも……。

「では……お任せいたします」

「うん、任されました！　それじゃあ、俺の部屋こっちだから……って知ってるか。今日はゆっくり休んでね。おやすみ」

「イーサン様もゆっくり休んでくださいね。おやすみなさい」

こうして私たちは別れ、それぞれの部屋へと戻って行った。そして、今日分かった、私が優先的に解決しなければならない課題を改めて確認した。

——イーサン様もだけれど、誰よりも何よりもマティアス様と早く打ち解けないとっ……。

明日、ジェロームに、マティアス様と少しでも関係を改善する手掛かりを聞いてみましょう。

とにかく、何でも即実践して試してみるしかないわ！

そう意気込みながら、私は明日に備えて眠りについた。

◇◇◇

こうして激動の昨日を乗り越え、目覚めた私はいつも通り使用人たちに挨拶をして回った。

その後、朝食や昼食を食べに行ったが、その席には誰もいなかった。

——会えないことには、マティアス様と打ち解けるなんて無理よね……。

ジェリーの部屋にいるかもしれないわ。

行ってみましょう。

ということで、私はジェリーの部屋にやって来た。しかし、そこにマティアス様はいなかった。

ちなみに、ジェリーの熱は下がっており、私のことをとても歓迎してくれた。そのため、一旦当初の目的は忘れ、ジェリーと楽しくお話をした。

すると会話の中で、マティアス様は既に今日ジェリーの部屋に来ていて、一時間ほどジェリーとお喋りをしたという情報を得た。

そして、私もマティアス様と同じくジェリーと一時間ほど過ごし、そろそろお別れというタイミングで、ジェリーが爆弾発言をした。

「あっ、そうだリア！　僕さっきちゃんと、マティアスお兄様に、リアは怖くないよって言ったからね！　あと、可愛いからって照れていじめちゃダメだよって伝えたよ！」

「ほ、本当にその通りに、言ったの……？」

「うん！　そしたらね、お兄様ってば林檎みたいに顔を真っ赤にしてたんだ。でも、ちゃんと分かったって言ってたよ！　思ったより照れ屋さんだったんだね！」

——絶対に怒りで顔が赤くなったに決まってる……。

でも、分かったって言ったってことは、私の存在を認めてくれたってこと？

いや、そんな楽観視しちゃいけないわよね。

だけど、昨日とは随分と反応が違う気がするわ……。

ジェリーの純粋さに思わず眩暈《めまい》がしそうになったが、ほんの少しだけ光が見えたような気がする。

そんな気持ちを抱き、私はジェリーの部屋から出た。すると、ちょうど廊下の反対側を歩いているジェロームが目に入った。

「ジェローム！」

一番マティアス様のことを知っていそうなジェローム。そんな彼から情報を仕入れようと考えていたが、珍しく朝からジェロームを見かけなかった。今日は随分と忙しいのだろう。

だからこそ、こうして会えた今がチャンスとばかりに、私はジェロームを呼び止め駆け寄り、マティアス様について質問をした。

「ちょっと聞きたいことがあるんですけど、五分ほど大丈夫ですか？」

「はい、大丈夫ですよ。奥様が最優先ですから、五分と言わず何なりとご質問ください」

「ありがとうございます。あの……マティアス様について聞きたいんですけど、彼の好きなものとか知りませんか？」

「マティアス様の好きなものですか……」

そう呟くと、ジェロームは考え込むような様子を見せた。だがすぐに、私に聞き返してきた。

「もしや、親交を深めるための質問でしょうか？」

「はい。私のことを否定的に見ていることは存じていますが、一応夫婦ですし、少しでも打ち解けたくて……」

妻と認めていないと言われたが、既に夫婦関係は成立しているし、貴族はそう簡単に離縁なんてできない。それに、ブラッドリーの領地を守ってもらうためにも、尚更離縁なんてできない。

その気持ちの一部をジェロームは分かってくれたのだろう。

彼は少し考えた後、ある案を出してくれた。

「マティアス様は、お茶を好まれます。一緒にティータイムを過ごしてみてはどうでしょうか？」

「お茶……ですか？」

「はい。落ち着くので好きだと以前おっしゃっていました。今は執務室におられます。そろそろ休憩の時間でしょうから、お誘いしてみてはいかがですか？」

そう提案され、私は早速マティアス様がいるという執務室にやって来た。そして、お茶会に誘うべく扉をノックすると、室内から返事があった。

「入っていいぞ」

「……失礼します」

マティアス様が入室を許可する声が聞こえた。そっと扉を開けると、そこにはマティアス様とイーサン様の二人がいた。

そして、何やら作業をしていたらしいマティアス様は顔を上げて私を見るなり、険しい顔つきになった。

「……何の用だ」

「マティアス様を、お茶のお誘いに来ました。イーサン様もいらしたのですね。お二人とも、よろしければご一緒にいかがですか？」

いざマティアス様を見ると急激に緊張が高まり、自身の心臓がドキドキと鳴る音が聞こえてくる。

それに、険しい視線を感じて少し怖さも感じる。

だが、そこで怯えの表情を出したら、きっと私の印象は悪くなる一方だろう。

そう考え、私は自分で自分の感情を偽る意味も込めて、口角を下げないように意識し、マティアス様の反応を窺った。

誘いの言葉をかけてから、沈黙が広がる……。

そんな中、その静寂を切り裂くように、呆れを孕んだ長いため息が室内に響いた。

そしてその直後、ため息の発信源であるマティアス様が口を開いた。

「エミリア嬢、ここは王都じゃない。遊ぶために来ているのなら、あなたのためにも、とっとと都に帰ったらどうだ」

あまりにも心外だった。

私はこれまでヴァンロージアに来てから、遊び惚《ほう》けていた自覚はない。

お茶会だってジェリーとするくらいで、ここに来てからはほとんどしたことがない。

確かに、金を湯水のごとく使い、社交レベルを逸脱したお茶会やパーティーを開き、享楽に浸るご夫人やご令嬢は存在する。また、王都にそういった人物が多いのも事実だ。

王都は、派手さや華美さがステータスとなる世界。生まれてからずっと王都で暮らしてきた私に、マティアス様がそんなイメージを抱くのも理解できなくはない。

ただ最も心外なのは、私がここに来た理由を遊ぶためだと言われたことだ。

結婚したくてしたわけじゃない。ヴァンロージアだって、最初は来たくて来たわけじゃない。

だが、ブラッドリー領をお義父様に守ってもらっている分、お義父様や結婚相手となったマティアス様に恩をお返しできるようにと、自分なりに精一杯やってきたつもりだった。

だからこそ、そんな言われように衝撃を受け、驚きのあまり反論よりも絶句の方が勝ってしまった私は、すぐに言葉を発することができなかった。

すると、そんな私の様子を見てマティアス様は、やっぱりな……というような表情をしながら、言葉を続けた。

「それに、ここに来てすぐ、半数ほどの使用人を解雇したと聞いた。使用人はあなたの物や奴隷じゃない。雇用契約がある以上、気に食わないからと簡単に辞めさせるなど、決して許されることではない。俺の妻という立場を笠に着て、権力を振り翳《かざ》すなど以ての外だ！」

「おい、兄上！」

強めの口調で、マティアス様を諫めるイーサン様の声が聞こえた。そのときやっと声を出せる状態になった私は、マティアス様に話しかけた。

「マティアス様は少々誤解をされているようです。解雇理由を説明させてください」

「説明なら他の人間から聞く。仕事をしていたんだ。出て行ってくれっ……」

そう言われたかと思うと、私はいつの間にかマティアス様に部屋から追い出されていた。部屋の外にいたジェロームの方を見ると、今にも死にそうなほど酷い顔色をしたジェロームと目が合った。その瞬間、ジェロームが口を開いた。

「私がいらぬ提案をしたばかりに、大変申し訳ございません！」

「謝らないでくださいっ……。ジェロームは何も悪くありません！」

「ですが、奥様があんなに言われるなんて――」

そう言うと、ジェロームは必死に私に謝り続けた。

だが、これは私とマティアス様の心の溝が、想像以上に深かったことが原因で起こった問題。

そして、ジェロームの案を受け入れ採用した、私の選択が問題だったという話だ。

そのため、私はジェロームに安心してもらいたくて、大丈夫と伝えるために微笑み、声をかけた。

「本当に気にしないでください。私は大丈夫ですから」

「っ！　だとしても、このままでは――」

「はい、その通りです。このままというわけにはいきません。ですのでジェローム、私に協力してください」

「なんでもいたします！　どうしたらいいでしょうか？」

「今から解雇理由をまとめた書類を取りに行ってきます。その後、戻ってきたらマティアス様に補足説明をしてほしいのです」

――こうなったらやってやろうじゃないの。

絶対にマティアス様を納得させてやるわ。

そう心に決め、ジェロームの快諾を得た私は部屋に戻った。

そして、こちらから暇を出した使用人の解雇理由とジェロームの評価、問題行動についてまとめておいた書類を持ち出し、再びマティアス様の部屋へと足を進めた。

「マティアス様、エミリアです」

そう扉に向かって声をかけると、室内から足音がした。かと思うと、不機嫌そうな顔をしたマティアス様が扉を少し開け、ぶっきらぼうに声を放った。

「どうしてまた来た。何の用だ」

潔白を証明するためには、しつこくて上等。

そんな気持ちで、私は持って来た書類の束をマティアス様の胸に思い切り押し付けた。

すると、予想外の行動だったのだろう。マティアス様は険しい表情を崩し、勢いでその書類を受け止めた。

「これが解雇理由についてまとめた書類です。不明な点はすべてジェロームが説明してくれます。私は清廉潔白に家の切り盛りをしてきたつもりです。私を糾弾したいなら、せめてこの内容を確認してからにしてください。私は遊びでここに来たわけではありません。勝手に偏見や先入観で決めつけないでくださいっ……」

……言い切った。

わずかだがそんな奇妙な達成感を覚え、今までは怖くて見られなかったマティアス様の目をジッと見つめた。

すると、マティアス様は少し困惑したような表情を浮かべ、「分かった……」と言い、その書類を確実に受け取ってくれた。

――これ以上は、私がいても意味がないわね。

後は、ジェロームに任せましょう。

「では、失礼します。ジェローム、よろしくお願いします」

「はい、お任せください」

その言葉に安心し、これでマティアス様の考えが少しでも変わればと祈りながら、自室へと戻った。

第九章　かき乱される心

ついに、ヴァンロージアに戻ってきた。久しぶりに見る街並みに、懐かしい我が屋敷。それらを見るだけで、遠い記憶が呼び起こされ、感慨深い気持ちになる。

だが、この地は以前とは一つ異なることがある。それは、俺の妻だと名乗る女がいるということだ。

そのことを考えるだけで、言いようのない不服な思いが溢れそうになる。

だが、俺はこの家、そしてヴァンロージアの主。そう言い聞かせ、意を決して屋敷の扉を開けた。

「マティアスお兄様！　おかえりっ！」

そんな声が正面から聞こえてきた。声の方を見ると、同年代よりずっと小柄ながらも、確かに以前よりも成長したジェラルドの姿が視界に入った。

――しばらく会わない間にこんなに成長してたんだな……。

そんなことを考えていると、ジェラルドは勢いよく俺に向かって走って来た。昔は少し運動するだけで熱が出たり、辛そうにしていたから、思わず心配になった。

そのため、ジェラルドが抱き着いてきた勢いを生かし、そのまま抱き上げて声をかけた。

「身体が弱いのに、そんなにはしゃぐな。落ち着け」

そう声をかけると、首に腕を回してギューッと抱き着いていたジェラルドは、距離を置くようにして俺の顔を見た。

その顔を見て、本当に俺は戻って来られたんだという実感が湧いた。

「ジェラルド、ただいま」

そう声をかけると、ジェラルドがそれは嬉しそうに笑うものだから、俺もつられてジェラルドを見て笑っていた。

こうして和やかな時間が始まる、そう思ったとき、使用人とは異なる服を着た見たことのない女が近寄ってきた。そして、俺の前まで来ると礼をして頭を下げた。

――こいつがっ……。

「……おかえりなさいませ、マティアス様。あなたの妻として、ブラッドリー家から嫁いで参りました、エミリアでございます。無事ごきか――」

あなたの妻。

その言葉を聞き、一気に頭に血が上った。だが、今はジェラルドがいる。

どんなに腹が立ったとしても、ジェラルドの前で怒鳴り散らすわけにはいかない。

それに、俺はこの女の気性が分からない。もし、言い合いにでもなったら困る。

そう考えた末、喋っている途中だということは無視して、何も言葉を返すことなく、その場を離れることにした。

怒りを鎮めるため、そしてジェラルドに自身や目の前の女が声を荒らげる姿を見せないようにするためだ。

だがこうして離れている最中、ジェラルドが驚きながら「リアが話してるよ！」と言い、俺の肩を「ねえってば！」と叩いてきた。その反応に、俺の中の怒りはより増幅された。

――リアだと？

あの女、ジェラルドをこれほどまでに手懐《てなず》けていたのかっ……！

ジェラルドに、あの女の本性を教えなければっ……。

俺はジェラルドを抱き上げたまま、ジェラルドの部屋にやって来た。

そして、椅子に座らせて、俺はジェラルドに、エミリア・ブラッドリーという女について教えることにした。

「ジェラルド、お前はあのおん……エミリアに騙されている」

「リアは僕のことを騙したりしないもんっ！」

「何でそう言いきれる」

「だってリアはとっても優しいんだよ？」

「人を騙すのに、優しくないわけないだろう？」

そう言ってもジェラルドはリアは、優しいから騙すわけないの一点張りだった。そのため、
俺はジェラルドに別の角度で、あの女の話をすることにした。

「エミリアは俺と話し合いもせずに、嫁いできたんだ。そんな勝手に嫁いで来る人間が良い奴
なわけがあるか」

「それは……。でも、本当に悪い人じゃないよ？」

「少なくとも、俺にとっては悪い人だ」

「そんな、グスッ……そんなことないもんっ……。リアは悪い人じゃないよぉ。優しいもん
……！」

そう言うと、ジェラルドは泣き出してしまった。

——どうしたら分かってくれるんだ？

別に泣かせたかったわけじゃないのにっ……。

「……いきなり驚かせて悪かった。ごめんな、ジェラルド。泣かないでくれ」

「リアを悪く言うお兄様なんて大っ嫌い！　この分からずや！」

「——っ！　ああ、そうかもな……。ごめん。少し頭を冷やしてくる」

そう言い残し、俺はジェラルドの部屋から出た。

ジェラルドから大嫌いなんて言われる日が来るとは思っていなかった。

あまりにもショックすぎて、どんな表情をしていたのかさえ分からない。

そして、絶望に飲まれながら、部屋の入口にいた使用人にジェラルドの様子を見ておくよう頼み、俺は自室の方へと歩き出した。

すると、真向かいからイーサンが歩いてきた。

きっと、ジェラルドの部屋に行くのだろう。そう思ったが、俺に用があったらしく、イーサンは俺と反比例するように楽しそうな様子で話しかけてきた。

「あっ、兄上ちょうど良かった。ジェラルドが花を植えたんだって。見に行こうよ」

ただの花だったら何とも思わない。だが、ジェラルドが植えた花なら話は別だ。

それに、その花を見ることで、気まずくなったジェラルドと会話するきっかけを掴めるかもしれない。

そう考え、俺は暗い気持ちを抱えたままイーサンの誘いに乗り、庭園へと向かった。

「久しぶりだな、クロード」

「お久しぶりです。マティアス様」

クロードは元々軍人だったが、怪我をして戦場に立てなくなったため、使用人として屋敷で雇うことにした俺の戦友だ。

そんなクロードと再会することができ、マイナスに傾いた俺の感情は少し回復の兆しを見せた。

そして、目的の花壇へと歩きながら軽い話をしている中で、ふと気になることがあり、俺はクロードに質問した。

「クロード、それは……新しい制服か？　よく似合ってるじゃないか」

「ああ、これは奥様が用意してくださったんです。使いやすく改良されて、とても快適ですよ」

そう言うと、いつも無表情のクロードが珍しく薄らと微笑んだ。

――奥様だと？

あいつは俺の妻じゃないのに……！

クロードもあいつのことを知っているはず。

なのに、そんなことを言うのか？

そう思ったが、イーサンに話しかけられ、あいつのことを話す機会を失った。

「兄上、これがその花壇のはずだ。見てみろよ！」

そう言われ見てみると、そこには小さいが立派な花壇があった。

これを、あんなにも幼かったジェラルドが……そう考えると、今クロードに何か言うよりも、こちらに集中すべきだという判断が勝った。

「なあ、クロード」

「はい」

「これはジェラルドが植えたんだよな？」

「そうです。マティアス様とイーサン様を喜ばせたいと、花選びからされましたよ」

それを聞き、俺は思わず驚いた。

「花選びから……？　俺らのためにか？」

「はい」

俺はただ指示通りに植えただけかと思っていたが、まさか花選びからしているとは思わなかった。

それ以前に、俺たちのために作ってくれたということが、本当に嬉しかった。

あの小さな手で頑張って植えた姿を想像するだけで、心の底から嬉しさが込み上げてくる。

だがそれと同時に、ここまでしてくれた愛する弟に大嫌いと言わせてしまった罪悪感が、心で渦を巻き始めた。

そんな俺に、感動して嬉しそうに花壇を眺めていたイーサンが話しかけてきた。

「兄上、この花壇は花束みたいで綺麗だな」

「ああ。本当に綺麗だ。それに何と言っても、この花が一番良いな。全体に統一感を出している。まとまりが出て完璧だ。さすがジェラルド。俺の好みをよく分かってる」

そう言うと、横からクロードが話しかけてきた。

「マティアス様、この花は奥様が選んで入れたものです。ジェラルド様と決めたもの以外、一応他の花も用意しておいたので……」

「…………そうか」

俺の心臓は一気に氷点下まで凍りついた。

できることなら時間を巻き戻したい。

今の発言をすべてなかったことにしたい。

だが、発してしまった言葉をなかったことにするのは不可能だった。

イーサンの顔をチラリと見やると、吹き出すのを必死に堪えているような顔をしている。

こんな顔、いつもだったらイラつくだろうが、今の俺にはその怒りすら湧いてこない。

そんな俺を見て、イーサンも何かを思ったのだろう。平常の顔に戻し、そろそろディナーに行こうと声をかけてきた。

そのため、俺は何も言うことなく、ただ素直にイーサンについていった。

◇◇◇

ディナーの席に着きジェラルドを待っていると、あの女が一人でやって来た。

そして、やって来るなり「お待たせいたしました」と俺らに向かって話しかけてきた。

その言葉を聞き、なぜ俺たちが自分を待っているという前提なのかと苛立ちが募り、俺はその気持ちをそのまま言葉にしてぶつけた。

「別にあなたのことは待ってない」

そう言うと、女は一瞬面食らったような顔をしたが、落ち込むでも無表情になるでもなく、なぜか微笑みを絶やすことはなかった。

――なぜ笑う？

何がおかしいんだ。

予想外の反応に、目の前の女の心理状態を完全に見失ってしまった。

そんなとき、突然イーサンが席から立ち上がったかと思うと、女をエスコートして座らせた。かと思えば、イーサンは俺の方を見ながら、「俺の唯一のお義姉様だからね」と女に声をかけた。

――こいつっ……。

他人事だからって調子に乗りやがって！

そう思ったが、ジェラルドが来るかもしれない。そう考え、睨みつけるだけに留めた。

すると、そんな俺を見て、そこまで怒っていないと思ったのだろう。イーサンはへらへらと笑いながら口を開いた。

「それにしても、ジェラルドまだ来ないね？」

それは俺も思っていたことだった。

――さっきのこともあったし、様子を見に行こう。

そう思い立ち上がろうとする寸前、女が口を開いた。

「私、今から様子を見てきま――」

「あなたは行かなくていい」

俺は言葉を被《かぶ》せた。

この女はあくまで部外者。そんな女が、この家の人間のように振る舞うその姿が許せなかったからだ。

それに、幼く純粋なジェラルドまで手懐けているところも悪質だ。

そんな女を、これ以上ジェラルドに近付けたくなかった。

そのため、大声にはならないように気を付けながら、思っていることを再びぶつけることにした。

「どうやってか知らないが、あなたは幼いジェラルドを籠絡しているようだな」

「籠絡だなんて――」

まるで窘めるような、その優しい話し方がより癪に障り、俺はまたも女の言葉を遮った。

「俺はあなたを妻だなんて認めた覚えはないっ……。出しゃばらないでくれ。……俺が見てくる！」

――俺があの女《ひと》にしか許す気のなかった場所に勝手に居座ってるくせに、何で平気な顔をして笑ってるんだ！

俺の気持ちも知らないでっ……。

そんなむしゃくしゃした気持ちを抱えながら、俺は再びジェラルドの部屋に向かった。

すると、様子を見てくれと頼んでおいた使用人がちょうど部屋から出て来た。そして、俺を見つけるなり話しかけてきた。

「旦那様っ！」

「ん？　ジェラルドはどうした？」

「それが、ジェラルド様が発熱していらっしゃいまして、ディナーには行けないと、ちょうどご報告に上がろうと……」

「熱が出たのか……？」

さっきまでは元気そうだった。もしかしたら、俺がジェラルドを泣かせてしまったからかもしれない。

そんな思い当たる節があり、俺は急いでジェラルドの部屋に入った。

すると、ベッドで眠るジェラルドが目に入った。ジェラルドの額にそっと手を当てると、確かに熱が出ていることが確認できた。

「冷えた水とタオルを持ってきてくれ」

そう告げると、準備途中だったのか、使用人は想像よりも早くそれら一式を持って来た。

そして、俺はそれを受け取り、タオルを桶《おけ》に入った水に入れ、濡らし絞って、眠っているジェラルドの額に載せた。

——ジェラルドは眠っているし、今はそっとしておいた方が良いだろう。

明日改めて様子を見に来ることにしよう……。

そう決めた俺は、ジェラルドの部屋から静かに退室した。

そして、近くにいた使用人に、ジェラルドが熱を出したことと、俺は自室で食事をするとイーサンたちに伝えてくれと、言伝を頼んだ。

こうして俺は、重たく沈んだ気持ちを抱えたまま、自室に向かって一人歩き始めた。

◇◇◇

歩き始めて、しばらく経った頃だった。見知った使用人よりも、知らない使用人をよく見かけることに気付いた。

そのため、見覚えのない人物だったが、俺はすぐ近くにいた使用人の男に声をかけた。

「仕事中にすまない。質問があるんだが」

「っ！　だ、旦那様！　どういたしましたか？」

「見知った使用人をあまり見かけないが、皆の休みが被っているんだろうか？　それに、見知らぬ使用人も多い。新しく雇ったのか？」

ライザはいつも今日と明日の曜日は休みだ。だから会えないことは分かっている。

しかし、他の使用人をこんなに見かけないのはおかしいだろう。

そう思い質問をすると、目の前の使用人は合点がいった様子で話し始めた。

「はい！　本日が休みの者もおります。ですが、奥様がここに来られてすぐに半数ほどの使用人に暇を出され、使用人の大規模な入れ替えがあったんです」

——は……？

俺は何も聞いてないぞ？

「……なぜ暇を出したんだ？」

「すみません。実は私は最近雇われた身なのです。そのため、詳しい内容は存じておりません」

——あの女は、雇用契約というものを知らないのか？

使用人だって人間なんだぞ⁉

これだから、王都の女は……！

あの女はいったい何を考えている⁉

一度、大量解雇に関して調べてみる必要がある。

そのことに気付いた俺は、自室へと戻るついでに、事の真意を確認すべく、ジェロームに話を聞こうと歩みを進めた。

しかし、その目的を果たすことはできなかった。ジェロームにしては珍しく、明日の正午まで休暇を取っているらしい。

それに時間はもう夜だ。そのため、食事後に少し仕事をして、今夜は大人しく床に就くことにした。

だが、ぶつけきれない怒りを抱えていた俺は、苛立ちの持続により、ろくに眠ることができなかった。

その結果、ちゃんと眠ろうと努めはしたものの、いつしか朝を知らせるように太陽が昇ってきた。

——はあ……王に提出する報告書でも書くか……。

少しでも、あの女のことを忘れたい……。

そうして仕事に没頭していると、量が多かったこともあってか、気付けば五時間ほどが経過していた。

——少しジェラルドの様子でも見に行ってみるか……。

そう思い立ち、俺はジェラルドの部屋へと向かった。そして、部屋に到着すると、ジェラルドは意外なことに俺を笑顔で迎えてくれた。

「ジェラルド、昨日はごめんな。久しぶりに会ったのに、言いすぎたよ」

「うん。お兄様は怖かったんだもんね！　僕もう怒ってないよ！　それより、久しぶりに『不朽』読んでほしいな！」

今、聞き捨てならない言葉が聞こえたような気がした。だが、今日はジェラルドの要望に尽くさざるを得ない。

そのため、久しぶりに読み聞かせをすることにした。

「じゃあ、いつもの七章を読むか？」

「ううん！　僕、三章がいい！」

この発言に、俺は違和感を覚えた。

ジェラルドは、エルメギが自身にとっての不朽を見つけるシーンである七章が好きだったはずだ。逆に、ハテニアはあまり好きじゃないからと、俺が一番好きな三章にはそこまで興味がなかったはずだった。

——なのに、そのジェラルドが三章を読んでくれだと？

いったいどういう風の吹き回しだ……？

そんなことを思っていると、早く早くと急かされたため、俺は三章のページを開いて読み始めた。

「人は泡沫《うたかた》に縋《すが》るものだ。だが、不朽を見つけた者こそが誠の強を得る」

俺の一番好きな台詞。その部分を読むと、ジェラルドがなぜかふふっと笑った。

その笑いが妙に気にかかり、読んでいる途中ではあったが、俺はジェラルドに話しかけた。

「どうしたんだ？」

「ふふっ。お兄様が前、何で人は泡沫に縋るものだって言ったかの説明をしてくれたでしょう？」

「ああ、そうだ。嬉しいな。覚えていてくれたのか？」

「うん！　あのね、本当にその説明通りだって、やっと僕、分かったんだ！」

――心の機微に気付けるくらい成長してたんだな。

ジェラルドの成長を感じ、感慨深さと喜びに浸った。そんな俺は、久々に訪れた和やかな空間で、ジェラルドに読み聞かせを続けた。

そして、一章分の長い読み聞かせが終わると、ジェラルドはきちんと「ありがとう」と礼を言ってくれた。

その流れで、俺もジェラルドに花の礼を伝え、これでもかと褒め称えた。

すると、ジェラルドはとても嬉しそうに照れながら喜んだ。その反応を見て、ジェラルドは本当に可愛らしい息子のような弟だと、ますます愛おしさが増した。

だが、そろそろ仕事に戻らなければならない。

そのため、部屋に戻ると伝えようとしたそのとき、ジェラルドが少し緊張した面持ちで話しかけてきた。

「ねえ、マティアスお兄様。お兄様は突然リアが家にいたから怖かったんだよね。でも、安心して！　リアは怖い人じゃないよ！」

「――っ！」

「それと、いくらリアが可愛いからって、照れていじめちゃダメだよ！」

――ジェラルドは何を言っているんだ……？

怖い人？　可愛いからって照れていじめるな？

あまりにも予期せぬことを言われ、一瞬自分の耳がおかしくなったのかと思った。だが、すぐに、ジェラルドに変な入れ知恵をした人物が頭に浮かんだ。

――イーサンの奴、ふざけやがって……！

へらへらと笑っているあいつの顔が頭に浮かび、怒りが込み上げてくる。

だが、純粋で何も知らなそうなジェラルドの前でその怒りを出すわけにはいかない。ジェラルドの体調を崩したくない。

――大嫌いなんて言われるのも、もう二度とごめんだ。

その結果、俺はジェラルドの緊張を解くべく、口角をぴくぴくとさせながらも何とか微笑み、ジェラルドに言葉を返した。

「あ、ああ……分かった……」

いろいろな意味で分かりたくない。そう思いながらも、俺はジェラルドに何とか模範的な言葉を返した。

すると、ジェラルドは狙い通り、一気に緊張が解け、安心した顔になった。かと思えば、突然抱き着いてきた。

「マティアスお兄様、昨日は勢いで大嫌いなんて言ってごめんね……。本当は大好きだよっ……」

その言葉に、俺は何とも言えぬ罪悪感を抱き、胸がズキンと傷んだ。

きっと俺を信じて大好きと言ってくれたのだろう。

だが、俺はジェラルドが期待していることすべてに応えきれる自信がない。

とはいえ、そのことをジェラルドに悟られるのは良くないはず。

――ジェラルドの前では、あの女に対する感情を隠さなければ……。

そう考え、俺はジェラルドを抱き締め返し、くれた言葉に返事をした。

「ありがとう。俺もジェラルドが大好きだぞ」

そう告げると、ジェラルドはそれは幸せそうに笑ってくれた。

――これで良かったんだ……。

そう自分に言い聞かせ、ジェラルドと別れて部屋から出た。

そしてその後、俺は真っ先にイーサンの部屋へと向かった。

「おい……イーサンっ！」

ノックもせずにイーサンの部屋のドアを開けると、呑気にベッドで寝ているイーサンが目に入った。

「いつまで寝てるんだ。起きろ！　つい最近まで戦場にいた奴とは思えん！」

「あれ、兄上。もう朝？　久しぶりの家だから気が緩んじゃったよ」

「はぁ……。それよりお前、ジェラルドに何を吹き込んだ」

「えー、何って何？」

覚えがないと言うように、ふあぁ～と呑気にあくびをするイーサンに苛立ちが募る。そのため、俺は先ほどジェラルドに言われた言葉をイーサンに伝えた。

「リアは怖い人じゃない、可愛いからって照れていじめるなと言われた。昨日の今日でこれだ。どう考えても、お前が入れ知恵をしただろう！」

そう言うと、イーサンはきょとんとした顔をした。かと思えば、腹を抱えて息も絶え絶えというほどに大爆笑した。

「笑うな！」

「あはははっ！　それで、兄上は何て返したんだ？　ジェラルド相手だ。どうせ、分かったとか言ったんだろう？　あはははっ！」

図星すぎて、恥ずかしさと怒りで一気に顔に熱が集まるのが分かった。

すると、そんな俺の様子を見て、イーサンはより勢いよく笑い出し、俺はそんなイーサンの反応を見て、これ以上は怒っただけ無益だと悟った。

「もう好きに笑え！　その代わり、今すぐ準備をして報告書作成の仕事をしろ！」

そう言うと、イーサンは笑いながらも準備を始めた。そして、俺は準備ができたイーサンを引き連れ執務室に行き、共に仕事を始めた。

だが、時間はもう昼。そのため、仕事を始めてすぐだったが、俺たちはランチ代わりの軽食を食べた。

そして食事を終えたあとは、俺もイーサンも集中して仕事を進めた。

それから数時間経ち、いつしか時刻はティータイムになっていた。また仕事の方も、そろそろ一段落といったところだ。

すると突然、執務室の扉がノックされた。

──誰だ？

ジェロームだろうか？

「入っていいぞ」

そう声をかけると、「失礼します」という女の声が聞こえた。

──ティータイムだし、ジェロームが使用人に、茶でも持って行くよう手配したんだろうか？

そう思いながら顔を上げると、そこにはニコニコと微笑んでいるエミリア・ブラッドリーがいた。

――何でこの女が来たんだ？

昨日あれだけ言ったのに、どうして……。

俺の言葉が何も届いていなかったのかと思い、沸々と怒りが込み上げてくる。

そのため、その怒りの対象である目の前の女に、俺は問いかけた。

「……何の用だ」

すると、この女はあろうことか俺とイーサンを、茶に誘ってきた。

何でこの状況で、イーサンはまだしも、俺に対して茶の誘いができるのだろうか。ニコニコヘラヘラと笑うその顔も腹が立つ。

――これだから王都の女は……。

そう思うと、もう止められなかった。

「エミリア嬢、ここは王都じゃない。遊ぶために来ているのなら、あなたのためにも、とっとと都に帰ったらどうだ」

そう言うと、女は口角こそ上げているものの、目元の笑みを完全に消した。きっと図星だったのだろう。

そう確信を持った俺は、目の前の女に勢いで昨日の話をぶつけた。

「それに、ここに来て直ぐ、半数ほどの使用人を解雇したと聞いた。使用人はあなたの物や奴隷じゃない。雇用契約がある以上、気に食わないからと簡単に辞めさせるなど、決して許されることではない。俺の妻という立場を笠に着て、権力を振り翳すなど以ての外だ！」

そう言うと、イーサンが少し強めに俺を制止しようと声をかけてきた。するとその直後、女が口を開いた。

「マティアス様は少々誤解をされているようです。解雇理由を説明させてください」

――誤解とはなんだ。

本人から聞いても意味がない。

客観的で公平公正な第三者から聞く方が、ずっと良いに決まってる。

「説明なら他の人間から聞く。仕事をしていたんだ。出て行ってくれっ……」

そう言って、俺は女を追い出した。

あれだけ言ったのだ、もう来ることはないだろう。

そう考え仕事を再開して数分が経った頃、あの女に似た足音がした。

だが気のせいだろう。そう思っていたが、またも扉のノック音が部屋に響いた。そしてその直後、扉の外からエミリアと言う名乗りが聞こえた。

――何でまた戻ってきたんだ？

何か用があって戻ってきたということは何となく分かる。

早くこの場から去ってもらうため、入口で用を済ませよう。そう考え、俺は執務室の扉を開けた。

「どうしてまた来た。何の用だ」

そう言うと、目の前の女は持っていた書類を、予想外の力で思い切り俺の胸に押し付けてきた。

その衝撃に驚き、反射的にその書類を受け取ると、女は書類から手を離し、真剣そのものの表情で俺に訴えかけてきた。

「これが解雇理由についてまとめた書類です。不明な点はすべてジェロームが説明してくれます。私は清廉潔白に家の切り盛りをしてきたつもりです。私を糾弾したいなら、せめてこの内容を確認してからにしてください。私は遊びでここに来たわけではありません。勝手に偏見や先入観で決めつけないでくださいっ……」

そう言うと、女は俺を射貫くようにキッと強い視線を向けてきた。この視線に俺は、既視感を覚えた。

……この目に対し、俺は抗う術を知らない。

そして、気付けば俺は「分かった……」と、そう言葉を漏らしていた。

女が去った後、俺は女から受け取った報告書をすぐに読むことにした。すると、その報告書には、綺麗な字で一人ずつ事細かに解雇理由の詳細が綴られていた。

そうして読み進めて行くたび、ある思いが募っていった。

――もしこの内容が本当だとしたら、クビにしたことも理解できる……。

俺は、あの女を不当に責めたということか？

そう思った瞬間、女に言われた一言が頭を過《よぎ》った。

『勝手に偏見や先入観で決めつけないでくださいっ……』

この言葉を思い出し、頭から血が引くような感覚がした。すると、俺が報告書を粗方読み終えたと察したのだろう。隣にいたジェロームが口を開いた。

「マティアス様、先ほど奥様がお茶に誘ったことをお怒りになっておりましたよね？」

「っああ……」

「実は、私が奥様に、マティアス様をティータイムに誘ったら良いのではと提案したのです」

「なに……!?」

「奥様は非常にお忙しいので、ジェラルド坊ちゃま以外とはティータイムをなさいません。ここに来られてから、奥様は遊ぶ暇などありませんでした。私の手紙はお読みになりましたか？」

そう言われ、俺は半年以上前に届いた手紙の内容を脳内から引き出した。

「ああ、読んだ」

「でしたら、奥様のお忙しさもお分かりでしょう」

そう言われ、俺は何も言い返す言葉がなかった。

あいつの『決めつけるな』といった言葉が、頭に響く。目の前で言われているかのように、脳内で再生される。

だが……どうしても疑いたくなる。

あいつが悪くない人間だと認めたくない。もし認めたら、妻として認めるのと同義だと思ってしまう。

認めたら、あいつらを裏切ることになってしまう。

でも、真実は一つしかない。解雇された当事者に話を聞いて、あの女、エミリアが悪くないのなら謝るしかない。

そう腹を括り、俺は厳しい視線のジェロームを下がらせ、聞き込みをするために街へと出向いた。

◇◇◇

「あっ！　マティアス様がいらっしゃったわ！」

「皆！　マティアス様が帰って来たぞ！」

「おかえりなさい、マティアス様！」

俺の姿を見つけるなり、領民たちが俺の元へと集まってきた。元気そうな皆を見て安心していると、その中に元使用人を数人発見した。

そのため、俺は急いでそのうちの一人に声をかけた。すると、店に招待すると言われ、俺はその使用人の店にやって来た。

「立派な店だな」

「ははっ、ありがとうございます」

この使用人の名は、マーク。彼は素行自体は悪くなかったが、あの女に不信を募らせたため解雇したとジェロームが教えてくれた。

——いろいろと確かめてみる価値は十分にあるだろう。

そう考え、俺は情報を集めてみることにした。

「ところで、どうしてこうして働くことにしたんだ？」

そう言うと、マークは気難し気な顔をして、恐る恐るといった様子で口を開いた。

「マティアス様。何を言ってもお許しくださるでしょうか？」

「……ああ、分かった。こちらが訊いたんだ。今回は何を言っても見逃そう」

そう告げると、マークは安心した様子で喋り始めた。

「実は、若奥様がまだ十七歳だと聞いて不信感があったんです。しかもやって来ていきなり、門地や経歴についてまとめた書類を提出しろと、使用人に対して指示を出されたんです。それで、十七の少女が何を偉そうにって……。それに、今までちゃんと働いてきたのに疑われているようで、反発して書類を提出しなかったんです……」

そう言うと、マークは一呼吸置いた。そして、話を続けた。

「若奥様は使用人たちに暇を出す際、退職金を払ってくださいました。それも、月給の十倍の金額です。しかもそれは最低ラインで、私には、あなたは今まできちんと働いていたという評価があるという内容の直筆の手紙と共に、もっと多い金額を支払ってくださいました」

そう言うと、マークは少し待っていてくれと言い二階に上がった。そして、上からドタバタと音が聞こえてきたかと思うと、急いで階段を下りてきて、俺に手紙を差し出してきた。

その手紙を見ると、解雇理由をまとめた書類と同じ美しい文字が綴られていた。

——これは……。

つい手紙を見て固まってしまった。するとそんな俺に、マークは先ほどまでとは打って変わり、声を震わせながら話を続けた。

「辞めたときは、大金が入ってラッキーくらいに思っていたんです。それで、やってみたかった店をやってみようとしました。でも、今後の生活や家族のことを考えたら、いくら大金とはいえ、店を出すには少し心許ない額でした。それで、店を出すことは諦めかけていたんです」

——確かに、店が上手くいかなかったら、せっかく金が手に入ったのに負債を抱えることになってしまうだろう。

それなら、店を出さない方が賢明かもしれない……。

でも現に、マークはこうして店を出している。ということは、出店を諦めなかったということだ。その心境の変化にはいったい何があったのだろうか。

そう思っていると、マークはより一層声を震わせ話を続けた。

「ですがある日、若奥様が様々な補助金や助成金の制度を新設したんです。そこで私は、事業計画書と申請書を提出して、店舗開業の補助金申請をしたんです。元々私は若奥様を裏切った身なので、どの面《つら》下げて申請しているんだって話なんですが……」

そこまで言われて、何となく察した。そんなマークの話に、俺は集中して耳を傾けた。

「ですが、若奥様は過去の俺の行いを反映することなく、複数人で厳正に審査して、私に補助金を支給してくださいました。そして店を開業したら、想像以上に繁盛しました。補助金をもらった他の店も繁盛しています。そこで私は、若奥様の洞察力は間違いなかったのだと気付きました」

そう言うと、苦し気な表情をしたマークは、声を絞り出すように話し続けた。

「若奥様を変に穿《うが》った目で見た私が間違っていました。考えてみれば、使用人に対しても敬語で話していましたし、偉そうなところも一切ありませんでした。今は店があるから、こうなって良かったと思っています。だけど、あの人の元でなら、使用人でも問題なかったと思っています」

その言葉を聞き、俺はすべての常識がひっくり返されたような感覚に陥った。

――他の領なら、使用人の不敬として罪に問われてもおかしくない。

私刑を下す人間もいるだろう。

それなのに、あいつは見捨てずに、ちゃんと領民の一人として守ってくれたのか……？

ジェロームから聞きされなかった出来事を知り、あまりの衝撃に言葉が出ない。するとそんな俺に、マークは軽く涙を拭って、笑いながら声をかけてきた。

「街の皆、若奥様が大好きなんです。マティアス様、本当に素晴らしい方を迎えられましたね。これで、ヴァンロージアも安泰だと皆喜んでおります！」

まさかここまでの影響力を有しているとは思っていなかった。そうなるほどに、家の切り盛りをしてくれていたのだと痛感した。

帰還してから、王への報告書の仕事が立て込みすぎて、元々はジェロームに委任していた領地に関する仕事の書類には目を通せていない。

だが、それを見ずとも、彼女がヴァンロージアのために献身してくれていたのだということは、痛いほどに伝わってきた。遊ぶために来ただなんて、勢いでも言った俺が馬鹿だった。

——勝手に決めつけて責め立て、きつい態度を取って悪かったと謝ろう。

妻と認める気は一切ないが、今回の件に関してはすべて俺が悪かったと認めざるを得ない……。

こうして、重要な情報を入手し、俺は急いで屋敷へと戻った。そして、俺がいない間に彼女がやっていたという領地経営に関する資料に目を通し始めた。

その作業が終わった頃には、時計の針は両針ともてっぺんを過ぎていた。……もう訪問して良い時間じゃない。

そのため、どうやって謝るかを考えながら、俺は長い夜を明かした。

第十章　意外な彼の一面

――やってしまった……。

つい感情的になり、マティアス様に書類を思い切り押し付けてしまった。その出来事を思い出し、私は部屋に戻って悶々《もんもん》としていた。

「ティナ……どうしましょう。私、あんなことお兄様にもしたことないのに、よりによってマティアス様にしてしまうなんて……」

マティアス様の困惑した表情が脳裏に浮かび、何とも言えぬ不安感が押し寄せる。

そのため、私はその不安感を少しでも減らしたくてティナに気持ちを吐露すると、ティナは私の弱気な言葉をばっさりと切り捨てた。

「気にする必要なんてないです。あれくらいでグチグチ言ってくるくらいなら、相当小さい男ですよ。奥様は何も悪くありません。むしろ、もっと言ってやってもよかったんです」

そう言うと、ティナはより語気を強め、怒りに震えた様子で言葉を続けた。

「皆には優しいのに、よりによって一番大切にすべき奥様にだけ酷い態度だなんて許せません！　まさか、カレン辺境伯のご令息が、こんな横柄で礼儀知らずな人だとは思ってもみませんでした！」

「……ティナ、それは言いすぎよ。言葉には気を付けて」

「いえ、言い過ぎではないです。私はあくまで事実を述べているだけです。はあ……とにかく、奥様は優しすぎるんです！　その優しさを、何でいつもご自身に向けてくれないんですか？」

「別に私は普通にしているだけよ。ずっと昔からこうだし、優しすぎると言われても私には分からないわ……」

そう言葉を返すと、ティナはもどかし気な様子を見せ、私に何かを訴えることはせず、マティアス様をこれでもかとこき下ろし始めた。

このティナの発言は、誰かに聞かれた場合、主人に対する不敬として処罰されかねないため、先ほど一度注意をした。

しかし、ティナも抱えきれない鬱憤《うっぷん》が溜まっているのだろう。

そう考え、誰にも話を聞かれないこの部屋の中だけならと、私はもうティナの発言を止めはしなかった。

すると、結婚相手がジェラルド様だった方がずっと良かったなんて言い出したから、思わず苦笑してしまった。ある意味、分からなくもなかったからだ。

その後、ディナーを食べにダイニングに行ったが、マティアス様はいなかった。そして、次の日の朝食の席にも、マティアス様はいなかった。

──同じ家で暮らしているのに、こんなに会わないなんて有り得るの？

ジェロームからはいろいろと聞いたけれど……。

ああ、何だか胃が痛いわ。

そんなことを思いながら、朝食を食べ終わり部屋に戻った。それから十五分ほど経った頃だった。突然、部屋の扉がノックされた。

「ジェラルド様とデイジーでしょうか？」

ティナが小声で私に話しかけながら扉を開けると、そこにはなんとマティアス様が立っていた。

──えっ……マティアス様……？

幻ではなくて？

あまりにも予想外の人物だったため、驚きのあまり固まってしまった。こうして、硬直したままマティアス様に釘付けになっていると、突然彼が口を動かした。

「今……時間はいいだろうか？」

その声を聞き、私の意識はすぐに現実へと引き戻された。そして、質問に頷きを返してマティアス様を部屋の中に入れ、私たちは対面になる形で向き合うように座った。

マティアス様がこの部屋にいるなんて不思議な感覚がする。何だか現実じゃないみたいだ。

そんなことを思っていると、マティアス様がおもむろに口を開いた。

「昨日あなたに渡された書類に目を通したうえで、全部調べた。……あなたには悪いことをした。すまなかった」

「えっ……」

まさか突然謝られるなんて思いもよらなかった。そのため、私は間抜けな声を漏らしてしまったが、マティアス様はそんな私に構わず話を続けた。

「使用人の解雇理由を見たが……不適切な対応ではなかった。あと、ここに来てからのあなたのことをジェロームたちから聞いた。あなたは領民たちのために献身的に尽くしてくれていたようだ。……ジェラルドの件に関しても、籠絡だなんて言って悪かった。きちんと教育をしてくれていたようだ。礼を言う」

そう言うと、彼は意外にも頭を下げた。いかにも軍人らしい下げ方だなと、そんなことを思った。すると、彼はティータイムの件についても話を始めた。

「昨日ティータイムに誘ってくれたのも、ジェロームの提案だと分かった。それに、ここに来てから、ティータイムやお茶会などをする暇もなかったと聞いた。勝手に決めつけ、怒鳴って悪かった……」

そう言う彼の顔はどこか疲れており、何だか本当に罪悪感を抱いているような気がした。そのため、私はそんな彼に言葉をかけた。

「ご理解いただけて良かったです。誤解が解けたようで安心いたしました」

「ああ、すまなかった……」

その言葉を聞きホッとして、思わず笑みが零れた。

すると、彼はガバッと立ち上がり、「忙しい時間にすまなかった」と言い、おもむろに扉側に歩き始めた。

マティアス様と離縁したら、私は本当に立場がなくなってしまう。

爵位関係はすべてお兄様が引き継いだうえ、私が困っても、寵愛を受けているビオラほどの助けは期待できない。

仮に私が出戻りでもしたら、ビオラやブラッドリー家に傷が付くと責められることも考えられる。

社交界でも干されること間違いなしだ。

――もう、私を助けてくれる存在はこの世に誰もいない。

それを分かっているからこそ、お父様は死ぬ前に私を結婚させたのよ。

今の関係を何とか修復しないと。

そう考え、私は出て行こうとするマティアス様に後ろから声をかけた。

「マティアス様！」

その声に反応し、彼の足が止まった。そして、ゆっくりと振り返った彼に、私は言葉を続けた。

「ジェラルド様が、本日はディナーを一緒に食べられるんです。マティアス様も、今日は一緒にディナーを食べましょう」

そう言うと、マティアス様はほんの少し眉間に皺を寄せ、呟くように言葉を返した。

「分かった……そうしよう」

「良かったです！」

来てくれないかもしれないと思ったが、来てくれるとの返答が来たため安心した。すると、そんな私に向かい、彼は少し強めの口調で声を放った。

「言っておくが、ジェラルドのためだからなっ……」

そう言ったかと思えば、彼はそのまま振り返ることなく部屋から出て行った。

――謝ってはくれたけれど、最後はもうちょっと、言い方ってものがあったんじゃないかしら？

でもまあ……きっとこれがマティアス様なのね。

少しの喜びと残念さを感じながら、昨日のティナの言葉を思い出し、私はこっそりため息をついた。

だがすぐに気持ちを切り替えて、私は今日の活動を始めた。

◇◇◇

「リア、どう？　合ってる？」

マティアス様と話してからしばらくして、私はジェリーの部屋で一緒に勉強をしていた。

今はジェリーのテストの採点をしているところだ。

「全部正解！　ちゃんと頑張って覚えたものね。ジェリーすごいわ」

そう言うと、ジェリーは嬉しそうにはにかんだ。その顔を見て癒された気持ちに包まれながら、私はジェリーに声をかけた。

「次はピアノの約束をしていたでしょう？　そろそろグレートルームに移動しましょうか？」

「うん！」

そう答えた直後、ジェリーは突然ハッと閃《ひらめ》いた顔をして、私に許可を得るように質問をしてきた。

「僕、お兄様二人に、みんなの名前が書けるようになったって教えてあげたいんだ！　グレートルームに行く前に書いてもいい？」

――ちょうど筆記用具が揃っているし、グレートルームに行く途中に二人がいる執務室があるものね。

「いいわよ。ぜひお兄様たちにも見せてあげてちょうだい」

「ふふっ、喜んでくれるかな？」

「ええ、ジェリーが書いてくれたんだもの。私なら喜ぶわ」

そう言うと、ジェリーはなぜかおもむろに立ち上がった。そして、机に向かって歩き引き出しを開けたかと思えば、何かを取り出し、再び私の元へと戻ってきた。

「せっかくだから、リアが僕の誕生日にくれた色鉛筆で書く！」

そう言うと、ジェリーはマティアス様、イーサン様、そしてクロードと私の名前を書いてくれた。

「マティアスお兄様は黒でしょ、イーサンお兄様はピンクで、クロードは黄色。リアは薄花色だよ！」

私とクロードのイメージカラーは恐らく目の色だろう。そして、私がジェリーの名前も書いたら喜ぶと伝えると、ジェリーは自分の名前を、自身の目の色である翡翠色で書いていた。

「じゃあ、見せてくるね！」

「ええ。それじゃあ私は部屋に楽譜を取りに行ってから、そのままグレートルームに行くわね」

こうして別れ、私は部屋に楽譜を取りに行き、その足でグレートルームに行ってジェリーが来るのを待っていた。

それから三分後、イーサン様がジェリーを抱っこしてやって来た。

「マティアスお兄様はいなかったけど、イーサンお兄様に見せられたよ！」

「兄上は、書斎に資料を取りに行っていていなかったんだ。それより、感動したよ。書けているだけじゃなくて、字もとても綺麗だった。エミリアさん譲りだね。ありがとう」

「とんでもないです。ジェリーがすごく頑張ったから書けるようになったのよね！　ジェリー、あなたが誇らしいわ！」

「うん！　僕頑張ったよ！　でも、全部リアのお陰だから、一番すごいのは僕じゃなくてリアなんだ！」

イーサン様にそう告げると、ジェリーはイーサン様の腕から降り、私に抱き着いてきた。

「リア、いつもありがとう！　大好き！」

そんなことを言われ、思わず涙が込み上げそうになったが、私はグッと堪えた。何だか感情が揺さぶられやすくなっているみたいだ。

するとジェリーは抱き着いたまま私を見上げて、唐突にある提案をしてきた。

「ねえ、リア。僕、お兄様にピアノの成果も見せてあげたいんだ！　一緒に弾いてくれる？」

なぜジェリーが一緒に弾いてくれと言うのか。それは、私が王都に行く前に遡る。

ジェリーは私が王都に行くので寂しがっていた。そのため、必ず帰って来る証明として連弾曲を用意し、私が帰って来たら一緒に弾こうと約束した。

この約束があったため、私が王都に行っている間、ジェリーはずっと上パートの練習をしていたのだ。

そして、私が帰って来たのは予定よりも早かったが、ジェリーは既に上パートが弾けるようになっていた。

そのため、その練習の成果を連弾という完成した形でイーサン様に聴かせるために、一緒に弾こうと提案してきたのだ。

「いいわよ。ジェリーの上手なピアノを聴かせてあげましょう」

そう言うと、イーサン様は嬉しそうに笑いながら「楽しみだ！」と言い、ジェリーをひょいと持ち上げ、ピアノ椅子に座らせた。

その後、私もジェリーと横並びになるように座った。こうして、私たちは二人でイ長調のワルツを弾き始めた。

この曲はジェリーにとって、最後の八小節分が特に難しい。厳密に言うと、最後の一小節は四分音符一拍分のみのため難しくはないが、その前の七小節のリズムが難しいのだ。

だが、ジェリーはきちんとその難しい七小節も弾きこなし、連弾は無事成功した。

するとその瞬間、イーサン様はこれでもかというほどに、拍手を送ってくれた。

「頑張って練習したんだな！　こんなに弾けるなんて、すごいじゃないか！　エミリアさんと息も合っていて、とても綺麗だったよ」

「本当!?　やったー！」

そう言って、ジェリーは喜びながらイーサン様とハイタッチをしていた。そしてその後も、イーサン様はジェリーに褒める言葉をたくさんかけていた。

——イーサン様は本当に良いお兄様ね。

うちの雑なアイザックお兄様とはえらい違いよ……。

それに、柔和な人だから安心できるわ。

そんなことを思いながら、ほんわかとした気持ちで二人のやりとりを見ていた。

すると突然、私たちの背後から足音が聞こえてきた。その音に気付き振り返ると、こちらに歩み寄るマティアス様がいた。

「ジェラルド、聴こえてきたぞ。練習を頑張ったんだな。難しい箇所も、上手く弾きこなせていた。とても良い演奏だったぞ」

そう声をかけると、マティアス様はジェリーの頭を撫でた。

突然現れたマティアス様に驚いたのだろう。ジェリーはマティアス様に気付くなり、興奮した様子になった。

そして、撫でられながらマティアス様を見上げて、ジェリーは思いもよらぬことを言い始めた。

「お兄様がいつも弾いてたからピアノを始めたんだ！　お兄様、弾いて！　あのいっちばんすごいの！　久しぶりに聴きたい！」

——えっ……!?

マティアス様がピアノ？

考えられなかった組み合わせに驚いて、ついマティアス様を見た。すると案の定、私がいるからか、マティアス様は気まずそうな顔をしていた。

しかし、ジェリーのキラキラとした期待に満ちたその目に抗うことはできなかったのだろう。

「ジェラルドの頼みだ。いいぞ」

そう言うと吹っ切れた様子で、私たちが退いたピアノ椅子に座った。

そして、流れるように鍵盤に指をセットした。

——右手の指を五本使う和音。

今から弾く曲はもしかして……。

そう思った瞬間、予想通りの強烈な第一音目が鳴り響いた。

マティアス様が弾き始めた曲、それはピアノ独奏の中でも上級レベルの、ハ短調のエチュードだった。

左手を高速で動かす難しい曲だが、音が潰《つぶ》れることなく、すべての音が鮮明に滑らかに聞こえてくる。

そんな華麗な指捌きで奏でる旋律に、私は思わず聴き入ってしまった。

——何だか、彼らしい曲ね……。

なんて考えていると、鮮烈に始まったその曲は終わりを迎えた。私とジェリーは先ほどのイーサン様のように、マティアス様に拍手を送った。

「お兄様、やっぱりすごい……！」

そう言いながら、ジェリーは感激した様子でマティアス様に近付き、マティアス様の左手をにぎにぎと触り始めた。

その光景を見てつい笑いそうになっていると、イーサン様が楽しそうに話しかけてきた。

「ジェラルドとエミリアさんが、まったく同じ顔をして聴いてるから、思いがけず気持ちが和んだよ。本当に仲が良いんだね」

「えっ、そうでしたか？　何だか少し照れますねっ……」

「いつもジェラルドと一緒にいてくれてるんだなって、改めて実感したよ。ありがとう」

その言葉に、ジーンときた。

子どもには一切縁がなかったからこそ、ちゃんと面倒を見られているのか不安だった。

一人の人間の人生を背負う、そんな責任も感じていた。

だからこそ、今までを認めてもらったような気持ちになり、私はひっそりとその言葉を喜んだ。

そして、イーサン様の言葉に口元を綻ばせながら、私はジェリーたちの話に耳を傾けた。

「ジェラルドも練習すれば、こんなレベルの曲、いくらでも弾けるようになるぞ。基礎固めをしっかりするんだぞ？」

「うん！　頑張る！」

「よし、良い返事だ」

そう言うと、マティアス様はジェリーの頭を撫で、その後すぐに嵐のように去って行った。

第十一章　守るために

ジェリーとのピアノレッスンも終わり、昼食を食べてから私は孤児院に行っていた。

そして、そこで聞かされた話により、私の心の中は少しモヤモヤとしていた。

「昨日マティアス様が街に来たとき、私たちにも挨拶してくれたんです！　久しぶりに会いましたが、本当に気さくな方ですね」

「この孤児院や救済院にも、出征前はマティアス様もよく来ていらしたんですよ。本当に明るくてお優しい方です」

「マティアス様は辺境に行く前に、平民の僕に剣を教えてくださったんです！　今も僕の憧れです！」

大人、子ども関係なく、どの人も口を開けばマティアス様のことをひたすら伝えてくるのだ。それも、良い情報ばかりだ。そして最後には皆が口を揃え、マティアス様が帰って来て嬉しいと言うのだ。

私がマティアス様の妻だから、多少忖度《そんたく》をしているのかもしれない。だが、忖度だけでは説明できないほど、人々の顔には心の底からの喜びが滲んでいた。

私は領民たちに微笑みながらも、内心では複雑な気持ちを抱えていた。

——領民や使用人にはこんなに優しいのに、どうして私にだけあんなにも冷たいのかしら……。

勝手に妻になったと怒っているけれど、あれはやっぱり……過剰よね。

私と他の人に対する態度に、あまりにも差がある。そのことを痛感し、私はわだかまりを感じながら屋敷へと帰った。

そして、外出着から室内着に着替えると、ちょうど良い時間だったため、私はディナーのためにダイニングに向かった。

——あら、まだ誰も来ていないのね？

ダイニングに行くと、使用人の姿しか見えなかった。当然マティアス様は来ていない。

——約束通り、来てくれるかしら……。

そんな一抹の不安を覚えたところで、ダイニングの扉が開き、マティアス様とジェリーが一緒に入ってきた。

ジェリーは嬉しそうに、皆で初めてのディナーだとウキウキした様子を見せている。

——一応、約束通り来てくれたのね。

そう思いながら席に着くと、間もなくイーサン様もやって来たため、私たちは四人で食事を始めた。

私は自分でマティアス様を誘っておきながらも、気まずい雰囲気になったらどうしようかと少し焦っていた。だが、その不安はジェリーの存在により払拭された。

「お兄様、今日のピアノすっごくかっこよかったよ！　だよね、リア？」

「そうね。迫力と美しさがあって素敵でした」

突然話を振られて驚いたが、私はただただ思ったことをそのまま感想として述べた。すると、ジェリーは私の感想を聞き、キラキラと目を輝かせながらマティアス様を見つめた。

そんなジェリーの顔を見て、マティアス様はジェリーの言わんとすることを察したのだろう。強張った笑顔を私に向け、とてつもなく棒読みな感謝の言葉を告げてきた。

すると、ジェリーはホッとしたように満足げな笑みを見せた。

――ジェリーの前では、流石に普通に接しようとはしてくれるのね。

ジェリーは純真無垢な子だし……気付いていないようね。

そう思いながら少し一安心していると、おもむろにジェリーが話題を変えた。

「そうだ、今日リアはどこに行っていたの？」

「孤児院に行っていたのよ」

「あっ、そっか！　売るって言ってたもんね！」

謎が解けてスッキリしたというような顔で、ジェリーがそう言葉を返して来た。

すると、今の会話に何か思うところがあったのだろう。意外なことにマティアス様が私に話しかけてきた。

「孤児院に行って、何をしたんだ？」

「俺も気になるな」

イーサン様も興味ありげに口を開いた。私は二人に今日の活動について話し始めた。

「今日は孤児院の中でも年齢が上の子たちと、孤児院で育てた綿花を使った作品を売る手伝いをしていたんです」

なぜ私がこんな活動をするに至ったのか。それは、孤児院の子どもたちが目安箱に投書をしたのがきっかけだった。

一部の子どもたちが、自分たちも孤児院の助けになりたいと言い始めたのだ。

では、どういう手段で助けたいのかと訊ねたところ、自分たちが生活するためのお金を、少しでも自分たちで稼ぎたいという答えが返ってきた。

しかし、児童労働をさせるわけにはいかない。ということで、孤児院で何か作品を作って売ってみたら良いのではないかという提案をした。

すると、ある子どもが、綿花を孤児院で育てて、それで作品を作りたいと言い始めた。その子どもたちの自発的な考えを汲《く》み、孤児院の庭の一角に綿花を植えたのだ。

そして、社交期になり私が王都に行っている間に、収穫や糸紡ぎが無事成功し、作品の一部が完成したため、今日ついに売ってみようということになったのだ。

ちなみにその結果だが、作った作品は無事すべて完売した。

その後、学堂で計算を教えてもらっている子どもたちは、自分たちで今日の売り上げを計算した。その次に、育てるためにかかった費用等を差し引き、純利益を導き出した。すると、少額ではあるが黒字だったことが分かった。

こうして子どもたちは、自らの生活費の一部を自身で稼ぐという体験をした。

このことを二人に説明すると、マティアス様が昨日までより少し厳しさを緩めた声をかけてきた。

「働く体験もできるし、商売の仕組みを理解するきっかけにもなる。目安箱も……なかなか良い仕組みだ」

悪いが私は耳を疑いそうになった。

――今のは、マティアス様が私に向けて言った言葉なの……？

明日、槍でも降るのかしら？

そんな気持ちで茫然《ぼうぜん》とマティアス様を見ていると、マティアス様は私から目を逸らした。

だが、私は少しだけでも鬼門であるマティアス様に認められたような気持ちになり、目は逸らされたものの、心は少し軽くなった。

それからしばらくして、イーサン様が何かを思い出したように、唐突に話題を変えた。

「そう言えば、今日ライザを見かけてないな……。ジェラルド、ライザはいつも優しいだろう？　優しい人がいっぱいいいて良かったね」

そう言ったかと思うと、マティアス様がイーサン様に被せるようにジェリーに話しかけた。

「俺もライザを見かけないと思ってたんだよ。ジェラルド、普段ライザとはどう過ごしているんだ？」

その言葉を聞き、私は自身のとんでもない過ちに気付いた。

実は、万が一のことを考えて、マティアス様とイーサン様が戦場にいるときは、ライザのことは二人に伝えないでおこうという取り決めをお義父様していたのだ。

もちろん、二人はライザの出来事を聞いても、動揺しない可能性もある。

だが、多くの人々の命が懸かっている分、戦場にいる指揮官という立場の人間の心に荒波を立てるような報告を、あえてする必要はないだろうと結論付けたのだ。

そのためお義父様は、ライザのことを戦地にいる二人には報告しなかった。

しかも、ライザは依願退職という形式で仕事を辞めた。よって私は、ライザの資料を大量解雇の書類とは別のところに保存していたのだ。

したがって、昨日マティアス様に渡した書類を通して、二人にライザの所業を把握してもらうことはなかった。

——この二人の様子じゃ、ジェロームも報告していないのよね……。

そう思いながらジェロームがいるところを見たが、彼はいなかった。そういえば、少し前に使用人に呼び出されて部屋を出て行ったのだった。

そのため確かめることはできないが、恐らくマティアス様やイーサン様が王への報告書作成の仕事をしており、隙間時間はジェリーといたため、ジェロームもライザのことを報告し損ねたのだろう。

それに、昨日は主に大量解雇と、ティータイムの説明をしたところで、マティアス様は調べ物のために家を出て行ったことを軽く聞いた。

一方、イーサン様はディナーに来たが、報告書の提出期限がと言いながら五分とダイニングにいなかったため、ライザのことなんて考える暇もなかった。

——ああ、私なんて最低なことをしてしまったの……。

ライザについて話すことを、すっかり抜かっていたわ。

資料も渡し損ねるだなんて……。

一年半以上、何もなく過ごしていたし、ライザよりもデイジーの存在が当たり前すぎて、それが自然だと思ってしまった。

また、二人が帰って来て三日目の今、私は自分のことでいっぱいいっぱいになってしまっていた。

だが、そんなことは言い訳でしかないだろう。

——起こったことはもう取り消せない。

とりあえず、今はジェリーが第一優先よ！

恐怖に怯えた顔をして、カタカタと震えるジェリー。その姿を見て、私はジェリーに本能的に駆け寄った。するとジェリーは、マティアス様やイーサン様から顔を隠したいのだろう。顔を押し付けるようにして、駆け寄った私に抱き着いてきた。

私はジェリーの顔が二人に見えないように隠しながら、目線を合わせるために床に膝を突いて、ジェリーに話しかけた。

「ジェリー、大丈夫よ。私がいるからね」

「うん……」

何とか返事をするジェリーは、泣きこそしないものの、悲痛な表情をしていた。

だが、この場には、ジェリーのこの反応を理解できない人物が二人いる。マティアス様とイーサン様だ。

よって、この二人は今のジェリーの反応を見て、激しく動揺した。そして、どうしたら良いか分からないと戸惑った様子で、声をかけてきた。

「えっ……。俺らなんか変なこと言った……？」

「ジェラルド……どうしたんだ？」

心配そうな顔でジェリーを見つめる二人。そんな二人に申し訳ないと思いながらも、私はジェリーに話しかけた。

「今日はもう部屋に戻る？」

この問いかけに対し、ジェリーは言葉こそ発しないものの、うんと頷いた。

そのため私は、二人に顔を隠したがるジェリーの背中に手を添え、誘導しながらジェリーの部屋に行くことにした。

だがその前に、困惑している二人に声をかけた。

「ジェリーと部屋に戻ります。この件については、後で説明いたします。ですので、しばらくのあいだジェリーに付き添わせてください」

そう言うと、二人とも唖然とした様子ながらも「分かった」と返事をしてくれた。こうして、私はジェリーと移動を開始した。

そしてその移動の途中、私はふと不審に思うことがあった。

——何だか、玄関の方が騒がしいわね……。

もしかして、ジェロームがいなくなったのは、玄関のこの喧騒のせいかしら？

でも、今はジェリーが優先よ。

妙な胸騒ぎがしながらも、私はそのままジェリーと共に部屋へと移動した。そして部屋に到着し次第、私はジェリーに謝った。

「ジェリー、ごめんなさい。あなたのお兄様たちに、ライザのことを話せていなかったの。嫌な思いをさせて本当にごめんなさい」

「謝らないで。リアは二人と話せる状況じゃなかったの知ってるよ。それに、僕が自分から先に言えばよかったんだ……」

そう言うと、ジェリーは堪えていた涙を零し始めた。

六歳の子になんてことを言わせてしまっているのだろう。そんな自責の念を感じながら、私はジェリーに必死で伝えた。

「ライザは絶対に戻ってこないわ。それに、戻らせない。だから、大丈夫よ」

そう声をかけながら、私はジェリーの涙を拭い、彼の背中をさすっていた。

すると突然、ジェリーの部屋の扉をノックする音が聞こえた。かと思うと、返事を待たずイーサン様が入ってきた。

「――っ！　ジェラルド、エミリアさん、大丈夫？」

私たちの状況を見て驚いた顔をしながらも、大丈夫かと声をかけながら、イーサン様はジェリーの前までやって来た。

「ジェラルド……いったい何があったんだ？」

「無理して言わなくていいのよ」

私がそう言葉添えをすると、イーサン様も「もちろんだ」と言いながら私に同意するように頷き、ジェリーの反応を窺っていた。すると、ジェリーは意を決した様子で口を開いた。

「いや、言うよ」

その言葉を聞き、私はドクンと胸が跳ねた。それと同時に、イーサン様の目も見開かれた。

「ライザが……僕のことを人殺しって言うから、リアが僕の世話係から外してくれたんだ」

その言葉を聞いた瞬間、イーサン様が百面相をした。

「ほんとう……なのか？　あの、ライザが……？」

信じられないというように、愕然《がくぜん》とした様子でそう声を漏らすイーサン様に、私は言葉を返した。

「はい、本当です。私もライザの口から聞きました」

そう答えると、イーサン様はよろよろと椅子に座り込み、頭を抱えて独り言ち始めた。

「じゃあ、ライザは俺たちがいない間に、ジェラルドにそんなことを？　俺たちの前ではあんなに良い人なのに。信じられない……。いや、ジェラルドたちを信じていないと言うわけではないんだが……嘘だろ……」

イーサン様にとっては、あまりにも信じられない話だったのだろう。彼は酷くショックを受けた様子になった。

そして、そんなイーサン様を見て、ジェリーは泣きながら言葉を重ねた。

「また戻ってきたら嫌だよ……リアとデイジーがいいよ……」

そう言うと、ジェリーは私のドレスの裾をギュッと掴んだ。その震える小さい手を見て、私はジェリーを守りたいという本能のまま彼を抱き締めた。

「絶対に戻らせないから。もうこれ以上、無理に喋らなくても大丈夫よ」

そう声をかけると、ジェリーは私の腕の中で頷きを返してくれた。

そんなときだった。突然扉の外から、イーサン様を呼ぶ使用人の声が聞こえた。外に出て使用人と少し話をしたイーサン様は、再びジェリーの前に来てジェリーに話しかけた。

「すぐに行かないといけないから、これだけ聞いてくれ。ジェラルド、ジェラルドが嫌なことは何もしない。ライザが嫌なら戻さないから安心してほしい」

その言葉を聞き、ジェリーは驚いたようにガバッと顔を上げてイーサン様の方を見た。すると、イーサン様はジェリーの頬を伝う涙を親指の腹で拭い、そのまま急いで部屋を出て行った。

その後、私はデイジーと協力してジェリーの寝る支度を済ませ、ベッドに寝かせた。こうして安静にしておけば、熱は出ないと思ったのだ。

そして、私はベッドに横たわるジェリーの手を握り、ずっと隣にいた。

すると、安心してくれたのだろう。ジェリーは落ち着きを取り戻し、ベッドに入って一時間後には眠りについた。

「奥様、お戻りになっても大丈夫ですよ」

そうデイジーが声をかけてくれた。だが、もし途中で起きて私がいなかったら、不安に思うかもしれない。

そう考え、私はデイジーに言葉を返した。

「ありがとう、デイジー。でもね、今日は一緒にいてあげたいの」

そう伝えると、デイジーはジェラルドを一瞥し、「その方が良いようですね」と納得した様子を見せた。

こうして、私はベッドの横の椅子に座り、ジェリーの付き添いを続けた。

だが、ある瞬間から記憶が切り離された。そのため、マティアス様たちが直面した出来事には気付かないまま、朝を迎えることになった。

◇◇◇

退室する彼女とジェラルドを目で追いながら、俺は戸惑っていた。ジェラルドと彼女が、なぜあんな反応をしたのか理解できなかったからだ。

別におかしなことを言ったとは思っていない。だが、あの二人の反応を見る限り、俺らが何か言ってはいけないことを言ったのだろう。あの表情は、それを如実に物語っていた。

「イーサン……。ジェラルドは、ライザの話であんな反応をしたのか？」

「さあ……。でも、あの反応を見るに、きっとそうだと思う。だけど、何でだ？　まるで見当がつかないよ……」

イーサンも理由が分からないらしく、俺と同様に困惑している。

――いったいどうしたというのか……。

ジェラルドたちの反応の理由を考えていたときだった。突然、使用人の一人がダイニングに入って来たかと思うと、困った顔をして話しかけてきた。

「お食事中に失礼します。実は、マティアス様の客人だという方がいらっしゃっているんです。

しかし、執事長は客人ではないと言っておりまして……。ただ、私はマティアス様とイーサン様の乳母だから、もし追い返したら当主一家が許すわけがないと言われ、皆、手が出せないのです。来てくださいませんか？」

——まさか、ライザかっ……!?

「イーサン、行くぞ」

「ああ」

使用人の言葉を聞き、俺たちは即座に玄関に向かった。すると、最後に会ったときからは想像もできないほど、酷くみすぼらしい姿をしたライザが視界に入った。

「あぁ！　マティアス様、イーサン様！　来てくださったんですね！　どうか私の話を聞いてください！」

そう言うと、ライザは俺の身体に縋るように服にしがみ付いてきた。

「ライザ……どうしてこんな姿に……。何がどうなってる？」

「全部あの女のせいです！　あの女が、私を追い出したんですっ……！」

——あの女とは、エミリアのことか？

さっきのジェラルドの様子も気になる。

話を聞こう。

そう判断したタイミングでイーサンが、ライザを談話室に通しては？　と提案してきた。そして、俺はその提案を飲んだ。

するると、提案者のイーサンは「少しジェラルドたちの様子を見て、話を聞いてくる」と言った。

そのため、俺はイーサンに許可を出し、ライザを談話室に通して、イーサン抜きでライザの話を聞くことにした。

談話室に移動すると、ライザはおいおいと一層涙を流し始めた。その様子が、母上が亡くなったときのライザの姿を思い起こさせ、俺は胸がツンと痛んだ。

「それで……ライザ。何があったんだ？」

そう問いかけると、ライザは悲憤《ひふん》に満ちた表情で、ハンカチを目元にあてがいながら、声を発した。

「エミリア・ブラッドリー！　あの女が、私を陥れたんです！　あの性悪が私を嵌めて、ジェロームまでも騙して丸め込んだんです！」

そう言うと、ライザはより強い泣き声混じりで喋り続けた。

「私は……うぅ……どうしようもできなかったのです……！　立場が下だからっ……。あの女は、私をいたぶり殺すと言いましたっ……。それでっ……うっ……今までずっと逃げて生きてきたんです。助けてくださいっ！」

その話を聞き、ふと様々なことが脳内を巡った。

丁寧にまとめられた資料、マークや領民たちから聞いた話、クロードやジェロームをはじめとする使用人たちの話、そして、決めつけないでと言った彼女の言葉……。

そして、気付けば自然と言葉が口を衝いて出た。

「……いや、エミリアはそんなことを言う人間じゃない。あいつは、そんな不誠実なことはしない」

そう告げると、ライザは化け物を見たかのように驚いた顔で俺を見て、慌てたように言葉を返してきた。

「なっ！　まさか、マティアス様も騙されたのですか!?　ジェロームも騙されて、唯一の救いだと思っていたのに……どうして!?」

ライザは、いつも俺やイーサンに優しく接してくれて、面倒を見てくれた。言うなれば、母よりも母のような存在だ。

そんなライザの泣き顔を見ていると、とても嘘をついているとは思えない。

だが、エミリア・ブラッドリーという女の人間性を少しだが知った以上、そんなことをする奴とは思えなかった。追い出しはしたとしても、いたぶり殺すなんて言う姿は考えられない。

――それに、ライザの名前を出したときのさっきのジェラルドの反応……。

きっと、ライザと何かあったに違いない。

そう思い、俺は近くにいた使用人に、イーサンを呼んでくるよう頼んだ。すると、すぐにイーサンは談話室へとやって来た。

「イーサン、何か分かったか？」

そう訊ねると、イーサンは顔を曇らせ、言いづらそうにポツリと呟いた。

「それが……ライザがジェラルドを虐待してたみたいなんだ……」

頭を殴られたような感覚がした。信じられなかった。

俺とイーサンは、ライザの愛情を受けて育ったも同然。虐待なんてされた覚えは一切ないし、そんなことをする人だと思ったこともない。

そのため、俺はイーサンに急いで質問を投げかけた。

「虐待……だと？　いったい何をしたと言うんだ!?」

そう訊ねると、イーサンは先ほどよりもずっと言いづらそうに言葉を発した。

「ジェラルドを……人殺しだと言っていたらしい」

その発言を聞き慌ててライザを見ると、ライザは声を発せないというように口をパクパクとしながら俺らの元へと近付いてきた。

「そ、そ、そんなの嘘よ！」

そう言うと、泣きながら必死の形相でライザは言葉を続けた。

「ジェラルド様は賢いから、あの女に籠絡されて操り人形になって、私をこんな風に罠にかけようとしているんです！」

そう言ったかと思うと、ライザは再び椅子に座り、泣き啜りながら、俺たちに怒りをぶつけるように声を発した。

「帰って来てまだ三日目ですよね？　何で赤子の頃から一緒にいた私じゃなくて、たった三日しか過ごしていない、よく知らない女を信じるの⁉」

そう言われ、本当にその通りだと思った。自分でもおかしいと思う。何でよく知りもしない、会って三日の女の方をライザより信じているんだろうと。

でも、彼女のここに来てからの行動を知ったら、どうしても彼女を信じる方がライザを信じるよりは正しい道のような気がした。

そのため、俺は念のための確認も込めて、ライザに最後の質問を投げかけた。

「ライザ、本当に彼女がライザを陥れたというんだな？」

そう問いかけると、ライザは闇の中に光を見つけたというような表情で、俺の顔を見上げ口を開いた。

「はい！　そうです！」

そう言った瞬間、ライザは親指の爪を人差し指で隠した。長年いるからこそ分かる。

ライザが嘘をついた証拠だった。

だが、俺がその嘘に気付いたとは知らず、ライザは途端に意気揚々と言葉を続けた。

「エミリア・ブラッドリー。あの人は本当に恐ろしい人です。あの性悪女が――」

「彼女は性悪なんかじゃない。性悪はお前だ」

「え……？　何を言っているんですか？　マティアスさ――」

「そんな奴とは思わなかった。俺たちへの態度を信じてジェラルドを託したんだっ……。それなのに、ジェラルドを傷付けるとは！　そんな奴とは思ってなかった……。信じた俺が馬鹿だった！」

そう叫び、俺は即座にイーサンに指示を出した。

「イーサン、衛兵を連れてこい！」

そう告げると、イーサンは衛兵を呼びに行き、彼らはすぐに到着した。俺は衛兵たちに指示を出した。

「ライザをステュカイア拘置所に移送しろ」

「なっ、なぜです……。マティアス様……!?　マティアス様っ……！」

そう言いながら、ライザは衛兵に連れて行かれた。

そして、ライザが完全に屋敷の外に出たことを確認し、俺は思いきりため息をついた。すると、近くにいたイーサンがショックを受けたように独り言ちた。

「本当にライザが……。なんてことだ……」

信じたくはないが、信じざるを得ない。そんな思いで、俺はイーサンに問いかけた。

「お前もライザの親指を見ただろう？」

「ああ、完全に隠してた……。やっぱりそうなんだろうな……」

そう言うと、イーサンはとてつもなく落ち込んだ様子を見せながら、トボトボと自室に戻って行った。

俺も今日はかなり神経が擦り減った。

イーサンのようにすぐに部屋に戻りたかったが、ジェラルドの様子が気がかりだった。

様子を見てから部屋に戻ることに決め、ジェラルドの部屋へと歩みを進めた。

◇◇◇

「――っ！　まだいたのか……」

ジェラルドの部屋に入ると、ベッド脇の椅子に座り、ジェラルドの手を握ったままベッドに突っ伏している彼女が目に入った。

――夜はまだ冷える。

風邪をひくかもしれないというのに……。

ジェラルドに移されでもしたら困る。

そう思い、俺は近くにあったブランケットを、起こさないよう気を付けながら、眠っている彼女にかけた。

そして、ジェラルドの安心しきった寝顔を確認し、俺はそっと部屋を出た。

――彼女が妻でなければどれだけ良かったか……。

でもまあ今回は、ジェラルドを助けてもらった功績がある。

一応、今日のライザの話はした方がいいだろう。

そう思っていると、ジェロームが俺に近付いてきた。そしていきなり、俺に謝罪を始めた。

「私だけで止めきれず申し訳ございません。また報告もしておらず、大変申し訳ございませんでした」

「……俺たちにライザのことを報告できる状況じゃなかったことは分かってる。もう謝るな」

「ですが――」

まだ謝罪を続ける気なのだろう。そう思い、俺はジェロームの言葉を遮って、頼みごとをすることにした。

「明日……エ、エミリアにライザのことを報告する。ティータイムのセッティングを頼む」

そう言うと、ジェロームは呆けたような顔をして俺を見つめた。

だが、ジェロームはすぐに表情を引き締め、「承知いたしました」と凛々しい返事をしてきた。

こうして、俺はようやく自室に戻った。

第十二章　断ち切れぬ想い

母上のお茶会に来ていたエミリアを見て、思わず話しかけてしまった。

――気付かれてないよな……。

彼女の乗った馬車が見えなくなったのを確認し、僕は取り繕《つくろ》った仮面をのけるかのようにふっと息を吐いた。そして、自身の首に下げたウォータオパールを、壊れないようにそっと掌に包んだ。

ひんやりとしているのに温かみを感じるそれは、僕の今の心の支えだ。しかし、決して彼女にはバレてはいけない存在でもあった。

「喋るんじゃなかったな……」

そう独り言ち、そっと目を閉じると、先ほどまでの彼女が脳裏を過った。

お茶会の会場で僕を見て、目を真ん丸にしながら驚いた表情。後ろから声をかけたとき、振り向きざまに優しく揺れた、彼女の柔らかいウェーブの髪。

耳心地の良い、落ち着きのある澄んだ甘い声。控えめなようで抑えきれていない、幸せそうな彼女の笑顔。

光を受けて燦然《さんぜん》と輝きを放つ美しい瞳や、以前よりもずっと生き生きとした彼女の姿。その何もかもが、僕の心を揺り動かした。

——これからはエミリアは、マティアス卿と人生を送るのか……。

そう思うと、目には自然と滲むものがある。この感覚は、かつて純白を身に纏《まと》った彼女の姿を見たときを彷彿《ほうふつ》とさせた。

——でも、留めると決めたのは僕じゃないか。

これ以上考えたら、滲むだけでは済まなくなる。そう悟り、気持ちを切り替えようと深呼吸を試みたところ、やや気分が落ち着き、冷静に自身の言動を省《かえり》みた。

さっきは喋るんじゃなかったと思ったが、あれは嘘だ。確かに僕は今日、エミリアに会えて喜んだし、話ができたのも嬉しかった。それこそ、心が躍るくらいにだ。

それはそれで、素直な感情として認めよう。ただ……。

——エミリアが健康で幸せというだけで十分だろう。欲張るな。

彼女を困らせるようなことだけは、絶対にしてはいけない。

彼女は新たな人生を歩き出したんだ……。

そう心に言い聞かせる最中、エミリアが提出したヴァンロージアの定期報告書の内容や、彼女にまつわる噂を思い返した。

領地の農法を改革したことによる農作物の生産率向上や、戦闘魔法使いの地位向上と共に、砂糖の精製に成功したこと。これらのことを成し遂げただけでも、かなりすごいことだと思う。

しかし、彼女の手腕はそれに留まることはなかった。

学堂を開設し、勉学を望んだ平民たちが教育を受けられるようにしたり、辺境という遠い土地にいながらも、自領の縫製所の商品を王都で流行《はや》らせたりしたのだ。

そして極めつけは、近隣領が厳冬により軒並《のきな》み不作に陥ったとき、ヴァンロージアが食料支援を行ったこと。

そのことを知り、もう彼女は立派なヴァンロージアの女主人なのだと思った。

それと同時に、彼女のことを人としてなお尊敬せざるを得なかった。

ただ、その尊敬の念は、僕のエミリアに対する気持ちを、より深くしてしまうきっかけになった。

そのせいで、忘れたいのに忘れられず、時間が薬になることもほとんどない。そんな状況に陥ってしまった。それでも、物理的に会っていないのをいいことに、なんとか綺麗な思い出としてこの気持ちを封じ込めていたのだ。

だが、母上のお茶会の会場で彼女の顔を見た瞬間、一気にその封印が解けてしまった。

――バリテルアの王が崩御したから、きっとマティアス卿は帰還する。

よってエミリアは、本格的にマティアス卿と夫婦生活を送ることになる。

となると、これからエミリアと過ごし、彼女を笑顔にするのはマティアス卿。

エミリアを幸せにするのもマティアス卿……僕ではない。

ダメだ。封印が解けてしまった今の僕は、その想像だけで胸に痛みが走る。

また、一から彼女への想いを封印する、気が遠くなる作業を始めなければならない。

そう考えると、眩暈がしそうだ。

「でも、エミリアのためだよな。はあ……会いたい」

想いを殺さないといけないと分かっているのに、彼女を希《こいねが》ってしまう。

自分でも、随分とちぐはぐなことをしているのは分かっている。

それでも、いざ会うと、エミリアのことをひっそりと想わずにはいられなかった。

そんな再会から、数日が経った。

――エミリアはヴァンロージアに到着して……マティアス卿に会ったのだろうか。

最後にエミリアと会った日から、彼女のことが頭から離れない。

ふと首から提げたウォーターオパールを見つめてみると、少し揺れただけで遊色効果によって、見える色がチラチラと変わる。

それはまるで、自身の心を映した鏡のようで、思わずその石を掌で包み込んだ。

「参ったな……」

そう独り言ちるこのときの僕は、ヴァンロージアに戻ったエミリアを待ち受けていた過酷な状況を知る由もなかった。

あとがき

初めまして、綺咲《あやさき》潔《いさぎ》と申します。このたびは、『誓略結婚　～あなたが好きで結婚したわけではありません～』をお読みくださり、誠にありがとうございます。

中には、小説投稿サイトでお読みになった上で、こちらもお読みくださった方もいらっしゃるかもしれません。もしいらっしゃいましたら、こんにちは。いつもお世話になっております。こちらでもお会いできて、とっても嬉しいです。

実は、本作品は私の初書籍化作品となります。いわゆるデビュー作ですね。こんな機会をいただけて、本当に有り難い限りです。

私は本作品を執筆するにあたり、あるテーマを設定しておりました。それは、政略結婚×誓いを略した結婚というテーマです。タイトルの「誓略」という言葉は、このテーマを表した造語なのです。

というタイトルに関する補足はここまでにして、さて、『誓略結婚～あなたが好きで結婚したわけではありません～』第一巻、いかがだったでしょうか？

こうして小説を書く上で、やはり読者の方に読んで良かったと思っていただけることが、一番の喜びです。面白かった、現実逃避が出来た、ストレス解消になった、ちょっとした娯楽として楽しめた。どのような理由でも良いんです。

とにかく、一人でも多くの方が本作品を楽しんでいただけたのでしたら幸いです。そして、気に入っていただけたらと願っております。

最後になりますが、今回多くの方にご協力いただき、本書を上梓することができました。本書の出版に関わったすべての方に、感謝申し上げます。そのなかでも特に、担当編集者さんとイラストを描いてくださった祀花よう子先生、そして校閲者さんには深く感謝申し上げます。本当にありがとうございます。

改めまして、読者の皆さん。このたびは、本書をお手に取っていただきありがとうございました。それでは、またお会いできることを楽しみにしております！

次世代型コンテンツポータルサイト

ツギクル　https://www.tugikuru.jp/

「ツギクル」は Web 発クリエイターの活躍が珍しくなくなった流れを背景に、作家などを目指すクリエイターに最新の IT 技術による環境を提供し、Web 上での創作活動を支援するサービスです。

作品を投稿あるいは登録することで、アクセス数などの人気指標がランキングで表示されるほか、作品の構成要素、特徴、類似作品情報、文章の読みやすさなど、AI を活用した作品分析を行うことができます。

今後も登録作品からの書籍化を行っていく予定です。

ツギクルAI分析結果

「誓略結婚　～あなたが好きで結婚したわけではありません～」のジャンル構成は、恋愛に続いて、ファンタジー、歴史・時代、現代文学、SF、ホラー、童話、ミステリー、青春、その他の順番に要素が多い結果となりました。

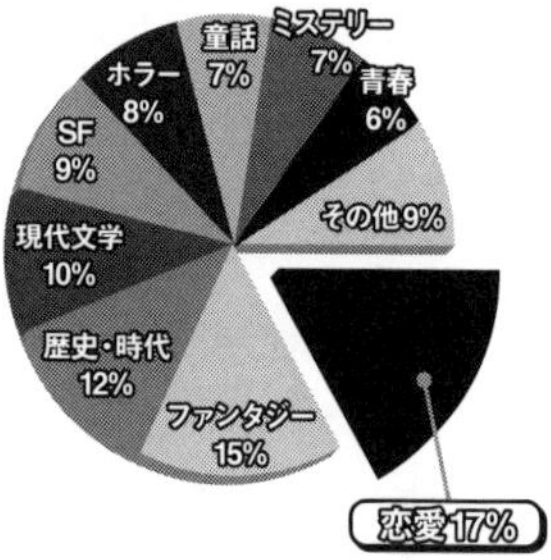

期間限定SS配信

「誓略結婚　～あなたが好きで結婚したわけではありません～」

右記のQRコードを読み込むと、「誓略結婚　～あなたが好きで結婚したわけではありません～」のスペシャルストーリーを楽しむことができます。ぜひアクセスしてください。
キャンペーン期間は2024年8月10日（※刊行日＋６か月）までとなっております。

第4回ツギクル小説大賞
大賞受賞作
追放悪役令嬢の旦那様
著／古森きり
イラスト／ゆき哉
1~8
謎持ち悪役令嬢
規格外の旦那様と辺境ライフはじめます!!!
マンガPark
「マンガPark」（白泉社）で
©HAKUSENSHA
コミカライズ好評連載中！
卒業パーティーで王太子アレファルドは、自身の婚約者であるエラーナを突き飛ばす。
その場で婚約破棄された彼女へ手を差し伸べたのが運の尽き。翌日には彼女と共に国外追放&
諸事情により交際0日結婚。追放先の隣国で、のんびり牧場スローライフ！
……と、思ったけれど、どうやら彼女はちょっと変わった裏事情持ちらしい。
これは、そんな彼女の夫になった、ちょっと不運で最高に幸福な俺の話。
1巻：定価1,320円(本体1,200円＋税10%)　ISBN978-4-8156-0356-4
2巻：定価1,320円(本体1,200円＋税10%)　ISBN978-4-8156-0592-6
3巻：定価1,320円(本体1,200円＋税10%)　ISBN978-4-8156-0857-6
4巻：定価1,320円(本体1,200円＋税10%)　ISBN978-4-8156-0858-3
5巻：定価1,320円(本体1,200円＋税10%)　ISBN978-4-8156-1719-6
6巻：定価1,320円(本体1,200円＋税10%)　ISBN978-4-8156-1854-4
7巻：定価1,320円(本体1,200円＋税10%)　ISBN978-4-8156-2289-3
8巻：定価1,430円(本体1,300円＋税10%)　ISBN978-4-8156-2404-0
ツギクルブックス
https://books.tugikuru.jp/

疲労困憊の子爵サーシャは失踪する
著 黒猫かりん
イラスト 問七
～家出先で次期辺境伯が構ってきて困るのですが！
辺境の地でのんびりする予定が、なぜか次期辺境伯につかまりました！
激務な領地経営はもうごめんです！
コミカライズ企画も進行中！

ツギクルブックス

愛読者アンケートに回答してカバーイラストをダウンロード！


愛読者アンケートや本書に関するご意見、綺咲 潔先生、祀花よう子先生へのファンレターは、下記のURLまたは右のQRコードよりアクセスしてください。

アンケートにご回答いただくとカバーイラストの画像データがダウンロードできますので、壁紙などでご使用ください。

https://books.tugikuru.jp/q/202402/seiryakukekkon.html

本書は、「小説家になろう」（https://syosetu.com/）に掲載された作品を加筆・改稿のうえ書籍化したものです。

誓略結婚《せいりゃくけっこん》　～あなたが好《す》きで結婚《けっこん》したわけではありません～

2024年2月25日　初版第1刷発行

著者　綺咲《あやさき》 潔《いさぎ》

発行人　宇草 亮
発行所　ツギクル株式会社
〒105-0001　東京都港区虎ノ門2-2-1
発売元　SBクリエイティブ株式会社
〒105-0001　東京都港区虎ノ門2-2-1

イラスト　祀花よう子
装丁　株式会社エストール

印刷・製本　中央精版印刷株式会社

ISBN978-4-8156-2525-2
Printed in Japan